Cascade POLICIER

COLLECTION

Cascade

LE COMMANDEUR

MICHEL HONAKER

LE GRAND MAÎTRE DES MÉMOIRES

RAGEOT-ÉDITEUR

Collection dirigée par Caroline Westberg

Couverture : Nicollet

ISBN 2-7002-2442-6
ISSN 1142-8252

À la mémoire du comédien
Peter Cushing
inspirateur du présent personnage.

RENDEZ-VOUS TARDIF

La fin de journée s'étirait, morne et pluvieuse. Par la baie vitrée de son bureau panoramique, Desmond Wayne contempla les gratte-ciel quadrillés de lumière s'enfoncer dans le crépuscule pollué. Un hélicoptère se faufila parmi cette forêt de verre et d'acier, tel un gros frelon noir, avant que de disparaître dans les nuages. Wayne pressa négligemment la touche de l'interphone :

– Liz, mon dernier client est-il arrivé ?

– Pas encore, monsieur.

– Je l'attends cinq minutes, puis je file à mon rendez-vous. Vous avez réservé ma table à l'Excelsior ?

– Certainement. Deux couverts pour huit heures.

– J'y pense, j'ai déjà dû vous poser la question.

– Pas plus de vingt fois.

– Merci, Liz.

Wayne s'était mis sur son trente et un. Marjorie avait finalement accepté de dîner avec lui. Voici des mois qu'il attendait cette occasion de renouer avec son épouse. Il n'imaginait pas une seconde arriver en retard. Tout en ressassant les bévues à ne pas commettre, les sujets à ne pas aborder, il alluma une cigarette et observa le trafic quelque soixante étages plus bas. De ce point de vue, les interminables embouteillages dans Manhattan formaient de gracieuses guirlandes rouges. Wayne s'étira, passa une main sur ses cheveux argentés.

Dans le fond, la vie n'était pas si moche.

Son agence de publicité s'était récemment agrandie, et occupait presque tout l'étage. Lorsqu'il l'avait rachetée, elle n'était qu'une officine miteuse sur Broadway. Il n'était pas mécontent de sa réussite. Il augmentait chaque année son chiffre d'affaires et, à ce rythme, nourrissait l'espoir d'être bientôt coté à Wall Street. Il souriait des manchettes que la presse spécialisée lui accordait. Déconcertés par son insolente réussite, les experts tentaient d'expliquer ce phénomène par une foule d'analyses chiffrées et de conjectures fumeuses.

Seul Wayne savait, et son secret était bien gardé.

Ce n'était pas un hasard si Marjorie elle-même avait fini par abandonner toute réticence à son égard et repoussé leur divorce. Ce soir, cela ne faisait aucun doute, elle y renoncerait complètement... Il caressait cette perspective prometteuse lorsqu'il entendit un pas feutré dans son dos.

– Oh, Liz, tant que vous y êtes, prenez le...

Il s'interrompit, surpris. Le reflet renvoyé par la vitre n'était pas celui de sa secrétaire mais d'un jeune homme de taille moyenne, sanglé dans un impeccable costume gris, un attaché-case à la main. Sa coiffure en brosse accusait les contours d'un visage énergique et, derrière des lunettes rondes de bon aloi, son regard bleu affichait une expression pleine d'assurance, teintée d'un zeste d'ironie. Il avait l'allure d'un représentant de commerce. Wayne éprouva le sentiment de l'avoir déjà rencontré. Mais il croisait tant de monde...

– Qui... qui êtes-vous ?

– N'avions-nous pas rendez-vous ? Je suis Lenard Aviathan. Je suis en retard, je m'en excuse.

Mécontent que Liz n'eût pas annoncé le visiteur, Wayne pressa le bouton de l'interphone. Mais il eut beau insister, il n'obtint qu'un chuintement parasite. Décontenancé, il esquissa un geste de bienvenue.

– Je vous en prie, asseyez-vous, monsieur Sebastian.

– Pas Sebastian : Aviathan. Lenard Aviathan.

Soudain, la lumière baissa d'intensité. Wayne leva les yeux en direction des plafonniers.

– Maudites sautes de tension. C'est de mal en pis. On se demande pourquoi on paie des impôts si la ville n'est pas en mesure de fournir du courant régulier. Bientôt, nous serons obligés de recourir aux bougies. Le progrès est en marche... Scotch ? Café ? Cigarette ?

– Non, rien, merci.

Sagement assis, sa mallette sur les genoux, le jeune homme ne paraissait nullement indisposé par l'éclairage confidentiel qui baignait la pièce.

– C'est étrange, mais j'ai le sentiment que nous nous sommes déjà rencontrés.

– Une seule fois...

Wayne ne demanda pas à quelle occasion. Il était trop pressé.

– Venons-en au fait, monsieur Aviathan. Vous êtes je crois à la tête d'une société d'informatique qui désire...

– En effet, mais ce n'est pas la raison de ma visite. Pas directement.

Le publicitaire le dévisagea, interloqué.

– Excusez-moi, je ne suis pas sûr de comprendre.

– Il est exact que je suis à la tête d'une société d'informatique. Elle est même située dans l'immeuble en face du vôtre. Le détail est savoureux, d'ailleurs.

Wayne se gratta nerveusement le menton, agacé par tant d'atermoiements. L'heure tournait. Il devait encore se raser et acheter des fleurs avant de se rendre à l'Excelsior.

– Du moins je vous remercie d'avoir songé à nous pour votre campagne. Nous vous garantissons le meilleur résultat et…

– Non, vous ne m'avez pas compris, Desmond. Je peux vous appeler Desmond ? Ce n'est pas le publicitaire que je désirais rencontrer, mais l'homme d'affaires qui ces derniers mois a si brillamment conduit son entreprise vers un succès réellement très enviable et disons-le… un peu suspect. J'ai lu les articles vous concernant et je les trouve pitoyables. Personne n'a rien compris, rien soupçonné. Pourtant, c'est une évidence : comme moi, vous recourez à la magie noire.

Pris de court, Desmond Wayne resta sans

voix. Il réexamina son interlocuteur avec attention. Pour la première fois, il décela la froideur derrière l'apparente décontraction, et la menace dans le regard trop clair. Bien qu'il n'arborât aucun signe visible de puissance, l'homme était un maître de l'Art, un Initié, lui aussi. Il se demanda pourquoi il ne l'avait pas pressenti dès son entrée.

– Je crois que vous faites erreur sur la personne, bredouilla-t-il. Je ne tiens pas un cabinet de voyance.

Lenard Aviathan secoua la tête, comme s'il s'attendait à une réplique aussi maladroite.

– Vous feignez de ne pas comprendre : je sais QUI vous êtes. Ce QUE vous êtes, et la position que vous occupez sur le Registre des Puissances.

– Le Registre des Puissances ?

– Et votre récente nomination comme Veilleur à la Fenêtre Occident.

Il sembla à Wayne que la température baissait subitement. Il réprima un frisson et se força à sourire, tout en laissant discrètement glisser sa main en direction du bouton relié au poste de sécurité. Mieux valait ne rien montrer, et gagner du temps. Ce n'était ni le lieu ni l'heure pour une telle conversation. Il se rejeta dans son fauteuil.

Dans un instant, les vigiles le débarrasseraient de l'importun.

– Cher monsieur, je pense que vous faites erreur. Je suis un publicitaire. Je vends de la publicité. Je ne comprends rien à ce que vous me dites.

Aviathan hocha la tête, amusé.

– Vous recourez aux procédés magiques habituels : envoûtements, invocations de démons et même récemment philtre d'amour... L'anneau que vous portez au doigt vous trahit d'ailleurs assez grossièrement. Curieux que personne avant moi ne l'ait remarqué.

Wayne bondit de son siège.

– En voilà assez, vous divaguez. Je vous prierai de bien vouloir quitter ce bureau.

– Vous n'avez aucune raison d'être nerveux. Ah, j'oubliais. N'attendez pas que les vigiles me jettent dehors... J'ai neutralisé votre système d'alarme. Nul ne sait que je suis entré. Pas même votre secrétaire.

– Elle vous verra au moins sortir d'ici. Dehors !

– Dommage. Je pensais que vous vous montreriez plus coopératif. Votre refus n'est pas très raisonnable. Vous sous-estimez mon pouvoir. Vous allez devoir me donner votre insigne de Veilleur. Vous le conservez dans le coffre-fort dissimulé derrière cette affreuse toile moderne. Une copie pas très fameuse d'ailleurs, ne vous vexez pas. Je pourrais déjouer les multiples protections magiques dont vous l'avez soigneusement entouré. Mais cela prendrait du temps. Aussi je compte sur vous pour me le donner sans heurt.

Wayne décida de mettre un terme à cette mascarade :

– J'ignore qui vous êtes et quel but vous poursuivez. Peut-être au fond n'êtes-vous qu'un de ces imbéciles qui, ayant percé quelques secrets de l'Art, s'imagine évoluer dans les plus hautes sphères. Je vais vous décevoir. Vous n'êtes rien. À votre place, je déguerpirais, avant que…

Aviathan leva négligemment deux doigts. Wayne porta subitement une main à sa gorge. Ses pensées s'embrouillèrent. Il s'abattit sur son bureau, la bouche ouverte, tel un poisson brusquement tiré de l'eau.

– Avant que… ? s'enquit doucereusement son interlocuteur.

Wayne s'efforça de desserrer l'étreinte invisible. Mais ses pouvoirs semblaient le fuir. Il poussa un gémissement de rage.

– Vous êtes fou ! Arrêtez… Je suis intouchable. Je suis un Veilleur. Vous transgressez les pactes.

– Enfin nous y sommes ! Donnez-moi votre insigne.

– Pas l'insigne... Ce serait un danger pour nous tous !

– Je sais que ça vous brise le cœur. Mais...

Wayne eut soudain l'impression qu'un serpent s'immisçait dans son cerveau et remontait en sinuant le cours de ses pensées. Loin, si loin en amont...

– Marjorie est des plus séduisantes, murmura Aviathan à son oreille. Je pourrais peut-être vous remplacer au dîner de ce soir ? Je lui raconterais quel homme volage vous n'avez jamais cessé d'être en dépit de vos protestations, et quelles relations coupables vous avez nouées avec sa meilleure amie. Cela réchauffera l'ambiance, à n'en pas douter.

Wayne grimaça de douleur.

– Comment ? Personne n'est au courant !

– Je lis dans votre mémoire. Je développe cet étrange pouvoir depuis l'adolescence. Certains déchiffrent l'avenir. Moi, c'est le passé. Rendez-vous à l'évidence : vos pitoyables défenses sont inefficaces contre moi. Savez-vous que je pourrais révéler aux autorités certaines irrégularités dans le contrat qui vous lie à la Petroleum Company ? Vilain, ces pots-de-vin, très vilain...

Il relâcha très légèrement son étreinte,

juste assez pour laisser sa victime reprendre haleine.

– Ne soyez pas stupide, Desmond. Ouvrez ce coffre...

– Jamais.

Aviathan poussa un soupir de lassitude. Cette fois, Wayne se tordit de souffrance. Le serpent recommença de ramper. Il porta vivement les mains à ses tempes. Lorsqu'il rouvrit les yeux, le bureau avait disparu. Il se tenait prostré dans ce placard sombre qu'il ne connaissait que trop, où flottait cette répugnante odeur de détergent et de produit antimite. Des mois de psychanalyse pour replonger dans ce terrible cauchemar... Comment était-ce possible ? Il rêvait éveillé. Pris d'une peur panique, il se mit à tambouriner contre la porte :

– Ouvrez-moi ! Ouvrez-moi !

Dans un coin du placard, un léger crissement se fit entendre, presque imperceptible. Mais Wayne savait bien que l'araignée était sortie de son repaire et glissait doucement, sur le rebord de l'étagère. Encore un instant, et elle s'abattrait sur sa nuque. Il se sentit glacé jusqu'à la moelle des os.

– Assez ! Assez ! hurla Wayne.

La porte s'ouvrit soudain et, dans une clarté aveuglante, une silhouette démesurée tendit vers lui un doigt accusateur.

– Tu n'as pas obéi, Desmond. Tu t'obstines à vouloir me tenir tête. Quand apprendras-tu ? Tu ne sortiras de ce placard que lorsque tu auras compris.

– J'obéis, j'obéis !

Dans un brouillard, Wayne démasqua le coffre-fort. En un clin d'œil, il leva les charmes protecteurs, tourna la molette et le battant s'ouvrit. À l'intérieur, un médaillon de métal ouvragé serti de rubis rougeoyait légèrement.

– Prenez-le ! Prenez, mais délivrez-moi de ce supplice...

Le regard placide d'Aviathan alla de l'insigne à sa victime tétanisée. Sans hâte, il ouvrit sa mallette et y glissa l'ornement.

– Merci, Desmond. Votre concours m'aura été précieux. Je vais vous faire un aveu. C'est moi, le nouveau Veilleur de la Fenêtre Occident.

Saisissant Wayne par le col, il le souleva de terre avec une force prodigieuse et le projeta contre la baie vitrée. Sous l'impact, le verre explosa en mille éclats. Happé par le vide, le publicitaire battit des bras. Tandis que les guirlandes rouges sur les boulevards tournoyaient, il se souvint soudain des circonstances au cours desquelles il avait rencontré son assassin...

– Vous ! hurla-t-il.

Aviathan se pencha au-dessus du gouffre, l'observant avec compassion qui disparaissait dans les brumes. Puis se détournant, il tira de sa poche une aiguille d'argent curieusement torsadée, la contempla tendrement, avant de la jeter d'un geste négligent parmi les débris. Cette tâche accomplie, il jeta un coup d'œil autour de lui et, l'air satisfait, repartit comme il était venu.

RUNES

Le lieutenant Robert « Bilbo » Single considéra d'un œil incrédule la distance entre le trottoir et le bureau de la victime, signalé tout là-haut par un rectangle de lumière perçant le ciel noir. L'instant d'avant, il évaluait la trajectoire en sens inverse avec la même consternation. Étrange idée de sauter du soixantième étage...

Autour du périmètre de sécurité, quelques badauds se pressaient malgré la pluie.

– Sacré plongeon ! commenta le médecin légiste. Pas de doute, il a établi un nouveau record.

Single retourna le corps. Blanc, quarante-cinq ans, classe aisée, costume sur mesure... en somme un citoyen ordinaire de ce quartier d'affaires. Brandissant son vieil appareil à soufflet, le docteur Hooper écarta doucement le détective pour procéder aux photos habituelles.

– Qu'est-ce qui vous chiffonne, Bilbo ? lança-t-il tout en vaquant à sa sinistre besogne.

– Vous avez déjà essayé de vous jeter contre une de ces baies en verre sécurit ?

Le légiste haussa les épaules.

– Vous savez, moi, je mène une vie tranquille.

– Même avec de l'élan, un champion olympique s'y casserait les dents. Or d'après ce que j'ai vu là-haut, le trou est assez grand pour laisser passer un autobus.

– Je vous préviens, j'ai promis à ma femme de rentrer de bonne heure ! Allons, c'est un suicide, ça saute aux yeux !

– Ouais, eh bien attendez que mes gars aient fini d'interroger les témoins.

Comme il examinait les mains de la victime, un détail frappa son attention. Au majeur gauche brillait une chevalière de métal. Des inscriptions étranges étaient visibles à la surface, s'enroulant autour d'un pentacle. Le policier parvint à dégager le bijou et s'efforça de le déchiffrer à la lumière du réverbère. Le docteur Hooper le considéra d'un air apitoyé :

– C'est du toc, lieutenant. Mon beau-frère a la même.

– J'en doute. Vous voyez ces symboles ? Ce sont des runes.

– Des runes ?

– Ce type devait être un magicien.

– Un magicien ? Tout comme mon percepteur...

Sur ces entrefaites, les sergents Hicks et Davenport sortirent du bâtiment. À leur mine déconfite, Single devina qu'ils n'avaient rien obtenu de leurs interrogatoires.

– Bon, donnez-moi la version courte, soupira-t-il.

– C'est facile, dit Hicks. Néant sur toute la ligne. Il s'appelait Desmond Wayne, patron d'une agence de publicité en plein boum. Il paraît qu'il était très en vue. Couverture de magazines, prix du manager de l'année, vous imaginez... Des concurrents, mais pas d'ennemis connus, pas de menaces. Il était en instance de divorce. Il avait justement rendez-vous avec sa femme pour en discuter, ce soir. Elle risque de l'attendre...

– Personne n'a rien vu, rien entendu, enchaîna Davenport. Même pas la secrétaire qui se trouvait dans la pièce voisine. Je vous l'ai dit : néant.

– On a volé quelque chose ?

– Coffre-fort intact, contenant des titres et une somme en liquide. Non, ce pauvre gars voulait en finir avec la vie, tout simplement.

– Attendait-il de la visite ?

– La secrétaire n'en a aucun souvenir.

– Comment ça ? Une secrétaire incapable de se souvenir de l'emploi du temps de son patron ?

– Elle était drôlement choquée. On a vérifié l'agenda. La ligne de dix-huit heures était vide.

– Vous avez interrogé les types de la sécurité ?

– Bien sûr, mais ils n'ont rien remarqué de suspect non plus. Pourquoi vous vous bilez de la sorte, lieutenant ? C'est mauvais pour votre ulcère.

Single les fixa alternativement d'un air malcommode.

– De quoi je me mêle ? Confisquez les enregistrements des caméras de surveillance.

Les deux détectives levèrent les yeux au ciel et s'en retournèrent à l'intérieur. Single se mit à arpenter le trottoir, cherchant à calmer son impatience. Il n'aimait pas cette sonnette d'alarme qui tintait quelque part dans son cerveau. Son estomac recommença à le taquiner. Il avala deux comprimés en toute hâte et considéra encore et encore la chevalière. Il finit par la glisser dans sa poche.

– Lieutenant, on peut l'emmener ? s'enquit le médecin légiste.

– Allez-y, Hooper. Mes amitiés à madame.

Le médecin lui adressa un clin d'œil et monta dans l'ambulance. Single regarda les lumières rouges du véhicule se fondre dans l'embouteillage. Un instant plus tard, Hicks et Davenport revenaient, plus penauds encore.

– Je vous le donne en mille. Les vigiles refusent de nous confier les enregistrements vidéo sans un mandat du procureur. Ces types en uniforme, ils se prennent de plus en plus pour des cow-boys !

Single poussa un soupir résigné.

– Bon, ça suffit pour aujourd'hui. Rentrez chez vous.

Il regagna son véhicule à pas lents. Il resta un long moment pensif avant de tourner la clé de contact. Puis posant la chevalière en évidence sur le tableau de bord, il décida d'en avoir le cœur net.

La rame s'apprêtait à repartir lorsque trois Noirs dépenaillés forcèrent la portière du wagon. La démarche élastique, rythmée par le cliquetis des babioles métalliques épinglées au revers de leurs blousons, ils remontèrent l'allée en dévisageant les rares passagers. Ils s'arrêtèrent devant une ménagère assoupie, rencognée contre la vitre sale, tinrent un conciliabule muet aussi bref qu'informel pour finalement passer leur chemin. Ils ignorèrent une grand-mère allongée de tout son long sur la banquette, qui, l'air farouche, serrait contre elle un sac à provisions garni d'immondices.

Ils avaient repéré leur proie.

Emmitouflé dans un grand manteau hors d'âge, l'homme s'était installé à l'écart, absorbé dans la lecture d'un journal. Il resta de marbre lorsque les Noirs écornèrent ses pages pour découvrir sa figure émaciée, au front étroit, qu'accusaient encore des cheveux noirs et souples rejetés en arrière. Il considéra à tour de rôle les adolescents derrière ses lorgnons teintés. Sa bouche ne formait qu'un trait dénué d'aménité.

– Allez jouer ailleurs.

– Eh, toi, qui t'es pour parler comme ça ? demanda le meneur en pointant sur lui un index agressif.

– Tu n'aimerais pas le savoir.

Il n'exprimait ni crainte ni agacement, seulement une indifférence blasée. Les voyous lui arrachèrent son journal. Il n'eut d'autre réaction que de retirer posément ses lunettes, dévoilant des yeux immenses d'un bleu délavé.

– D'où tu sors, mec ? T'as eu tes fringues au musée, non ?

– File-nous ton blé.

– Allez, dépêche.

Le meneur lui tapa sur l'épaule. L'homme ne répondit rien. Sa main gantée happa le poignet de son agresseur et lui imprima une torsion si vive qu'il dut plier les genoux. En un clin d'œil, son visage vira au bleu et il se mit à claquer des dents. Stupéfaits, ses comparses sortirent des couteaux. Mais le train ralentissait. Les portières s'ouvrirent avec un grincement.

– Dehors, suggéra l'homme avec un sourire doucereux en relâchant son emprise.

Cette fois, il souligna ses paroles d'un geste curieux, qui ressemblait au langage des sourds-muets. Tirant leur camarade avec eux, les petites frappes battirent en retraite. Quand la rame repartit, leur groupe figé sur le quai fit sourire les voyageurs. L'homme avait remis ses lorgnons et repris sa lecture comme si de rien n'était.

Quelques stations plus loin, il descendit tranquillement, sa sacoche de professeur à la main. Il longea les couloirs, gravit les interminables escaliers en négligeant les ascenseurs.

Il ne prenait jamais l'ascenseur.

Comme il arrivait au niveau de la galerie marchande, un éclair de douleur le traversa tout entier. Il porta vivement une main à sa tempe, puis se raidit comme sous l'effet d'une décharge. Il lâcha son sac. Les rares passants le dévisagèrent avec curiosité et préférèrent passer leur chemin. Se rencognant dans l'angle d'une échoppe au rideau baissé, il s'adossa à la paroi maculée de graffitis, le souffle court. Fort heureusement, le malaise ne dura qu'un instant. Recouvrant progressivement ses sens, l'occultiste déploya ses cercles de perception, cherchant à connaître l'origine de l'onde qui l'avait frappé.

Un bouleversement aussi soudain qu'imprévu venait de se produire. Ebenezer Graymes savait ce que cela signifiait. Ramassant sa sacoche, il courut vers la sortie la plus proche.

BROUILLAGE

Dès que Single aperçut la haute silhouette déboucher à l'angle de Montague Street, il jeta le reste de son infâme hamburger dans le caniveau et bondit hors de son véhicule.

– Professeur Graymes !

L'homme au macfarlane noir ne lui prêta aucune attention. Il traversa la place d'un pas rapide, poussa une grille flanquée de gargouilles effrayantes, et traversa le jardin privatif d'une vieille demeure austère recouverte de lierre. Essoufflé, le policier parvint à le rattraper juste avant qu'il n'en franchisse le seuil.

– Professeur, avez-vous un instant à me consacrer ?

Graymes le toisa d'un air embarrassé.

– Désolé, Single. Pas ce soir. Il est tard et j'ai du travail.

– Regardez ça...

Single exhiba la chevalière. Aussitôt l'expression de Graymes se transforma. Il revint sur ses pas, esquissa un geste pour la saisir, puis parut se raviser :

– L'homme qui possédait cet anneau est mort... dit-il lentement.

Le détective le dévisagea d'un air stupéfait.

– Comment diable pouvez-vous le savoir ?

– De qui s'agit-il ?

– Un certain Desmond Wayne... Cela s'est produit voici moins d'une demi-heure. Il s'est jeté du soixantième étage de son immeuble. Mais certains indices sont troublants et je m'étais dit que peut-être vous consentiriez à... enfin, vous savez bien.

Graymes ne répondit pas sur-le-champ. Il venait soudain de comprendre la raison du trouble qui l'avait saisi dans le métro. Desmond Wayne... La Fenêtre Occident. Tout s'expliquait. Il laissa échapper un sifflement curieux.

– Vous connaissiez ce Wayne ? s'enquit Single.

– J'ai eu affaire à lui, une fois ou deux. Il ne faisait pas partie de mes relations.

– Il était magicien, pas vrai ?

– D'un type très courant : imbu de sa

personne et ne visant que sa réussite personnelle.

– J'ai examiné cette chevalière. Les inscriptions runiques disposées autour de ce pentacle sont le symbole d'un certain degré de...

Un sourire moqueur passa sur les lèvres de Graymes :

– Vous étudiez donc les livres de magie ?

– Nous sommes à New York. Les boutiques spécialisées abondent. Les traités d'ésotérisme sont en vente libre... Depuis notre dernière rencontre, j'ai compris qu'il valait mieux que je me documente.

– Personnellement je n'ai jamais approuvé ceux qui utilisaient l'Art pour réaliser des profits aussi sordides.

Single dévisagea son interlocuteur avec attention.

– Sa mort ne vous affecte pas ? Ne rompt-elle aucun équilibre sur le territoire que vous êtes censé préserver des maléfices, Commandeur ?

Un mouvement de colère traversa l'occultiste. Par quelque jeu d'ombres, il parut plus grand encore que nature et un halo se forma autour de lui, absorbant toute lumière. Sa voix même sonna comme déformée.

– N'évoquez jamais un tel nom devant

moi. Seuls mes ennemis le font. Et ils ont tort.

Single n'était pas homme à s'effrayer. Pourtant, le froid qui le pénétra jusqu'à la moelle des os, associé au regard intimidant posé sur lui, le convainquit de faire machine arrière.

– J'étais venu dans l'espoir que vous accepteriez de visiter les lieux du drame... Hem, qu'en dites-vous ?

Ebenezer Graymes laissa échapper un long soupir. Il avait repris son apparence naturelle.

– Pourquoi pas ?

– P... Parfait ! bafouilla Single. Ma voiture est en face.

Il se demanda ce qui se serait passé si...

Le vent glacé des hauteurs s'engouffrait dans le bureau de Wayne, ébouriffant les paperasses abandonnées. Graymes se tint un long moment sur le seuil, scrutant les moindres recoins de la pièce. Puis il avança d'un pas mesuré jusqu'à l'extrême rebord du précipice. Là, il laissa son regard songeur plonger en contrebas. Une rafale plus violente souleva les pans de son manteau, lui donnant soudain l'aspect effrayant d'un grand oiseau de nuit. L'agent de la sécurité qui les avait accompagnés attira l'attention du policier, qui observait son comportement sans mot dire.

– Eh, votre copain, faudrait pas qu'il glisse... Ou personne ne voudra plus rien louer ici.

– Aucun danger.

Graymes se détourna et comme pris d'une soudaine inspiration, inspecta le sol. Il ramassa parmi les débris une aiguille étrangement torsadée. Il l'examina avec curiosité, puis la glissa dans sa poche. Contournant ensuite le bureau, il mit à jour le coffre-fort masqué derrière la toile.

– Nous l'avons déjà inspecté, l'avertit Single. Rien n'a été dérangé. D'ailleurs, la secrétaire est partie, nous n'avons pas la clé...

Graymes effleura le bouton de sa main gantée et aussitôt le lourd battant bascula. Le vigile ouvrit la bouche pour protester mais déjà l'occultiste le refermait, après avoir jeté un rapide coup d'œil à l'intérieur.

– Un objet était enfermé ici, qui ne s'y trouve plus. Il était protégé par un charme très puissant, lequel n'a pas été remis en place. Wayne avait-il un médaillon sur lui, lorsqu'on l'a retrouvé ?

– Certainement pas, il a été minutieusement fouillé.

– Alors c'est que son visiteur l'aura emporté, après l'avoir contraint à le lui donner. L'air empeste le sortilège. Mais j'en ignore la nature. Très étrange en vérité... Rien de classique.

– Son visiteur ? s'exclama Single. Quoi, vous affirmez que Wayne n'était pas seul ?

– Il y avait une puissance, ici. Elle a laissé sa trace.

– Pourtant la secrétaire a juré que personne...

– Elle s'est trompée, voilà tout, interrompit Graymes. Ou bien elle a été induite en erreur...

– Que voulez-vous dire par là ?

– À vous de trouver, ricana Graymes. Ne fréquentez-vous pas les boutiques spécialisées ?

– D'accord, d'accord ! Trêve de sarcasmes ! Expliquez-vous !

– Le visiteur a supprimé toute trace de son passage derrière lui. La secrétaire, les vigiles, l'ont sûrement vu, mais ils ont oublié. Son nom devait figurer sur un agenda, mais il a été effacé... Comprenez-vous ? Charme primaire...

Bob Single passa une main agacée dans sa tignasse en brosse. Il n'imaginait pas rédiger son rapport le lendemain matin, en cautionnant la théorie d'un meurtre sur le seul pressentiment d'un occultiste, fut-il professeur à l'université de Columbia. Il se tourna vers le vigile :

– Il faut absolument que nous jetions un œil sur les enregistrements vidéo de la journée. Si une secrétaire peut oublier un visage, ce n'est pas le cas d'une caméra.

– Pas question. Je n'ai pas le droit de faire ça, pas sans...

– Sans un mandat du procureur, oui je sais. Écoutez, il est près de minuit et le procureur assiste avec le maire à une soirée de charité. Je vous jure que si vous ne...

– Pas question, lieutenant.

La conversation menaçait de s'envenimer lorsque Graymes s'interposa. Il exécuta une passe devant les yeux du gardien. Celui-ci cilla rapidement.

– Mais bien sûr, si vous désirez absolument consulter ces enregistrements, je me ferai un plaisir de vous les montrer, récita-t-il.

Single lança un regard stupéfait à son compagnon, qui lui sourit le plus innocemment du monde. À cette heure tardive, le vigile était seul. Il fit pénétrer les deux hommes dans un bureau retiré, situé au rez-de-chaussée. Avec des gestes machinaux, il engagea un CD-Vidéo dans le chargeur d'un des multiples lecteurs-enregistreurs.

– Calez-vous sur 17 h 30, ordonna Single.

Un léger sifflement et une image fixe apparut sur le moniteur de contrôle.

– C'est la caméra qui se situe à l'étage de Wayne ?

– Absolument.

Le nez à quelques centimètres de l'écran, le détective ne quittait pas le film des yeux. Pas grand monde. Allées et venues habituelles des employés. Conversations de couloir. Une fin de journée ordinaire et morose. Comme le compteur indiquait 18 h 02, l'image se pixelisa soudain.

– Stop, dit Graymes.

Le vigile actionna la pause. L'ongle du démonologue crissa sur l'écran.

– Il est là.

– On ne voit rien ! s'exclama Single, dépité. Tout est devenu subitement flou.

– Non, pas flou, Single. Brouillé, à l'évidence... Mais il est là, je sens sa présence !

– Pouvez-vous l'identifier ?

– Non. Trop furtif. Ondes cryptées... Comment s'y est-il pris ? Une chose est sûre. C'est un magicien de premier ordre... et d'un genre très particulier.

Lorsqu'ils se retrouvèrent au pied de l'immeuble, le policier ne décolérait pas.

– À quoi ça nous avance ? Je vais devoir boucler le dossier en concluant au suicide ! Je ne dispose d'aucun élément prouvant le contraire. Savoir qu'il y avait quelqu'un dans cette pièce qui a peut-être assassiné Wayne...

– Pas peut-être. Sûrement. Pour lui dérober certain insigne qui se trouvait dans le coffre.

– De quel insigne s'agit-il ?

– L'insigne des Veilleurs.

– Un Veilleur ?

– On peut faire beaucoup de choses avec un tel insigne. S'approprier le pouvoir de qui le possédait en premier lieu et prendre sa charge. À mon avis, ce n'est que le début...

– Un Veilleur, un insigne ! Bon sang, je n'y comprends rien du tout. Le début de quoi ?

– D'une œuvre mûrie de longue date et avec beaucoup de soin. Notre homme n'a commis qu'une seule erreur...

– Vraiment ? Et laquelle ?

– Selon les pactes, un Veilleur est intouchable. À ce titre, son crime tombe sous ma juridiction.

Single le regarda, médusé.

– Cherchez dans vos livres à la lettre « V», Single, railla Graymes. Oh, j'y songe : vous devriez me raccompagner. À cette heure, le métro est vraiment peu sûr.

MAUVAIS PRESSENTIMENT

Jade Ohlson traversa d'un pas pressé le hall de l'aéroport Kennedy. Après quelques hésitations, elle repéra la station de taxis et, utilisant sa valise comme parapluie, sortit sous l'averse en agitant la main. Déboîtant de la file, un chauffeur pila devant elle au mépris des invectives dont ne manquèrent pas de l'abreuver ses collègues lésés.

La jeune Suédoise ouvrit la portière et tendit la carte de visite sur laquelle elle avait griffonné l'adresse de sa destination. L'homme se tourna vers elle. Il portait un costume sombre et, sous sa casquette, sa figure pâle et grêlée faisait songer à du pain mal cuit. Il la dévisagea d'un regard malicieux qui louchait légèrement, puis fronça les sourcils en déchiffrant la destination :

– Sacré lieu de perdition...

– Connaissez-vous l'endroit ? s'impatienta Jade. Sinon, je monte dans une autre voiture.

– Ne vous inquiétez pas, miss. On peut y arriver.

Derrière, les klaxons des mécontents entonnèrent un concert assourdissant.

– Bienvenue à New York, sourit le conducteur sans s'émouvoir.

La voiture démarra. Jade prit enfin le temps de souffler, luxe qu'elle n'avait guère eu le temps de s'offrir depuis son départ précipité de Stockholm. Le message l'avait touchée en pleine réunion, alors qu'elle pianotait sur son ordinateur portable. Interloquée, elle avait froissé le papier et confié la négociation à son adjoint. Prétextant une indisposition, elle s'était éclipsée afin de sauter dans le premier avion pour New York.

Retranchée derrière l'apparence d'une séduisante femme d'affaires en tailleur Chanel, aux cheveux décolorés coupés court, Jade ne laissait rien deviner de sa double vie. Nul stigmate sur son visage d'un ovale parfait, lisse comme un galet amoureusement poli, nulle dilatation de ses pupilles couleur océan... À peine, parfois, une légère fixité dans la physionomie, une étincelle insolite au fond de ses prunelles, trahissaient sa fréquentation des rituels magiques.

Pourtant, elle était en charge de la Fenêtre Septentrion.

Elle était un Veilleur.

Depuis son départ, une question l'obsédait. Pour quelle raison Desmond Wayne avait-il provoqué une réunion ? Seule une menace sérieuse justifiait l'utilisation du code d'urgence. Quelque danger menaçait-il les Fenêtres ? Les autres Veilleurs étaient sûrement arrivés. Elle ignorait leur identité, aussi lui tardait-il de les rencontrer.

À mesure que les tours de Manhattan émergeaient de la brume grisâtre, Jade se souvint de son dernier voyage. Elle se demanda si cette mégapole ruisselante de crasse et de pluie était toujours sous contrôle, si un Commandeur veillait aux pactes. Dans le reflet de la vitre grêlée par la pluie, il lui sembla revoir les traits émaciés d'Ebenezer Graymes... Elle l'avait rencontré jadis, lorsqu'elle n'était qu'une magicienne débutante. Il lui avait enseigné bien des choses, avant que leurs destins ne se séparent. À cette évocation, elle sentit son amour de jeune fille émerger de l'oubli. C'était absurde. Graymes n'était sans doute plus ici. Une fois la réunion achevée, elle se promit néanmoins de se rendre à Brooklyn, du côté de certaine maison couverte de lierre, tapie au fond de Montague Street...

Le taxi avait abandonné la voie rapide pour s'enfoncer dans des ruelles sordides maculées de suie. Elle fut parcourue d'un frisson.

– Vous êtes sûre de savoir où vous allez ? demanda-t-elle au chauffeur. Il n'y a pas grand-chose, par ici...

– C'est pas moi qui ai donné l'adresse, ma p'tite dame. 1222 Banks Street, a-t-on idée aussi ! Ce sont les anciens docks. Personne n'y va plus jamais.

Jade regarda ostensiblement par la vitre. Elle n'avait pas envie d'entamer la conversation.

– Vous aimez le base-ball ?

– Non.

– Vous n'êtes pas du coin. Sinon, vous aimeriez ça, croyez-moi !

La nuit tombait, humide et glacée comme un suaire. Le taxi s'engagea sur un chemin mal bitumé qui longeait l'Hudson, où affleurait encore une voie de chemin de fer. Les phares déchiraient des écharpes de brume bileuse. Au passage, Jade eut le temps de déchiffrer un panneau mangé par la rouille.

Banks Street.

Parmi les quais désaffectés se dressa soudain une vieille demeure centenaire construite sur pilotis, totalement déplacée dans cet environnement misérable. Ses fenêtres taciturnes, tendues de rideaux hors d'âge, évoquaient les paupières mi-closes d'un monstre marin.

– Vous y êtes.

Mécaniquement, Jade tendit cinquante dollars au chauffeur. Celui-ci s'empara du billet lentement, dévisageant sa passagère avec roublardise.

– Ne vous inquiétez pas. Je reste là jusqu'à ce que vous soyez entrée.

Jade ouvrit la portière, animée d'un curieux pressentiment. Elle s'avança sur le ponton, éclairée par les phares du véhicule. Elle gravit les trois marches du perron, posa sa mallette et actionna le lourd heurtoir. Aussitôt, la porte s'entrouvrit. Jade jeta un dernier coup d'œil au taxi. Derrière le pare-brise, elle eut l'impression que le chauffeur lui faisait un petit signe d'au revoir.

Puis elle entra.

Abaissant le rebord de son large feutre sur son visage, Ebenezer Graymes tourna l'angle de Liberty et de Stanford, affrontant le vent de face. La pluie cascadait parmi les ruines calcinées. Des processions de rats, chassés par quelque montée des eaux, longeaient furtivement les flaques blêmes en quête d'un nouvel abri. Aux abords du Krylo's Bar, gros chancre de stuc signalé par un néon criard, l'occultiste prit une profonde inspiration.

Il marcha droit vers l'entrée, sans se départir d'un curieux pressentiment. Tapi sous le porche, un géant musculeux coiffé à l'iroquoise lui barra soudain le passage, braquant sur lui une torche électrique. En découvrant la figure creuse où jouaient les ombres, le regard intense qui luisait sous l'arête du grand feutre, il esquissa malgré lui un léger mouvement de recul.

– Circulez. C'est un club privé.

Graymes ne lui fit pas l'aumône d'une réponse. Ses longs doigts gantés se refermèrent comme des tenailles d'acier sur sa gorge. L'« Iroquois » s'affaissa avec un sifflement bizarre, les yeux grands ouverts et demeura sur le pavé ruisselant, parcouru de convulsions. Graymes éteignit sa lampe et enjamba la masse sans un regard. Sitôt qu'il eut poussé la porte hérissée de ferrures, il fut assailli par les décibels d'une musique puissamment rythmée. Il s'arrêta sur le seuil de la salle voûtée et observa dans la clarté rougeâtre les danseurs affublés de maquillages extravagants. Certains étaient peints de la tête aux pieds et remuaient frénétiquement au centre de pentacles surchargés d'inscriptions magiques.

Lentement, le démonologue descendit les quelques marches qui menaient à la piste. Nul ne lui prêta attention, à l'exception d'un nabot hideux, à la peau recouverte de squames, à la lippe tombante et baveuse, qui le repérant vint se prosterner devant lui avec une servilité repoussante.

– Vous ici, Maître… Que… Quel honneur ! Hem…

Il lança un regard explicite en direction de la porte :

– Comment avez-vous pu entrer ? Vous n'êtes pas membre…

L'occultiste saisit le nabot par le col et le tira à l'écart derrière un pilastre.

– Hatto Goffon, chère gargouille !

– Ne vous fâchez pas, gémit celui-ci, je vous enverrai une invitation permanente.

– Je cherche Myra.

– Myra ? Aaarrgh ! Est-ce que je sais, moi ?

– Ne joue pas, chiure de crapaud. J'ai appris tout récemment que tu étais en affaire avec elle.

– Elle... Elle doit se trouver au fond, là-bas.

Graymes l'abandonna et se frayant un passage parmi les danseurs, avisa une alcôve dissimulée aux regards par une épaisse tenture bariolée de symboles ésotériques. Passant outre les sollicitations insistantes d'une jeune esseulée, il écarta brusquement le rideau.

À son entrée, Myra se redressa avec un geste de colère, furieuse d'être dérangée dans son travail. Son visage maculé de suie faisait ressortir ses yeux vert d'eau. Des colliers métalliques tintaient à son cou. De sa robe noire, très ajustée, dépassaient par endroits d'effrayants tatouages.

Reconnaissant son visiteur, elle s'adoucit soudain, rejeta d'un geste gracieux une boucle de cheveux noirs sur son front – non sans recouvrir pudiquement d'un voile les ingrédients qu'elle était en train de mélanger. Elle sourit largement, découvrant ses petites dents blanches et pointues.

– Quelle surprise ! Cela faisait longtemps qu'on n'avait vu la loi rôder dans les parages. Prends place...

Sa voix suggestive, aux résonances chaudes et profondes, troubla Graymes plus qu'il ne l'aurait souhaité.

Il parcourut l'alcôve d'un œil méfiant puis, sans façon, mit à jour le travail que son intrusion avait interrompu. Devant la nature repoussante de la mixture, il lâcha le voile.

La jeune femme laissa échapper un petit rire.

– Un simple philtre que m'a commandé une femme jalouse.

– Elle désire assassiner son mari ?

– De manière très lente et très douloureuse.

Graymes retroussa sa lèvre supérieure en un rictus méprisant.

– On dirait que cela te choque, susurra Myra. Tout le monde a besoin de se débarrasser de quelqu'un... Ce n'est pas contraire aux pactes ?

– Non.

– Veux-tu que je te dise la bonne aventure ?

– Pourquoi pas les lignes ?

Il s'assit, retira ses gants d'un geste sec, exposant ses mains longues et fines, terminées par des ongles noirs taillés en pointe. Elle le fixa d'un air effrayé.

– Eh bien, ne veux-tu pas lire dans mon avenir ?

Elle secoua la tête négativement. L'effroi dansait dans ses yeux.

– Dommage, railla l'occultiste.

Myra se pencha vers lui, caressa les contours de son visage osseux.

– Je serais capable de faire autre chose que des poisons, si seulement j'avais un bon maître pour m'enseigner à invoquer et répudier des démons. Un bon maître comme toi…

– J'ai entendu dire que tu n'avais plus rien à apprendre.

– Pfff… Oui, je peux commander à des sénéchaux, des avortons de dernière catégorie, comme ce Hatto Goffon. Non aux archontes, aux seigneurs des ténèbres qui recèlent la vraie puissance.

Il écarta sans délicatesse la main de sa joue.

– Restes-en aux philtres, c'est plus sage.

Myra recula légèrement.

– Que veux-tu savoir ?

– Le nouveau Veilleur de la Fenêtre Occident a été assassiné et l'insigne de sa charge a été dérobé. Un Veilleur est intouchable. Ce sont les pactes. Un grave sacrilège a été commis. Aussi je me dois d'en retrouver l'auteur. Et j'ai des raisons de penser que tu sais qui il est...

Sans quitter des yeux son interlocutrice, il tira de sa poche l'aiguille torsadée découverte dans le bureau de Wayne et la planta dans la table.

Myra ne manifesta aucune émotion particulière.

– C'est l'une de mes aiguilles de cérémonie. Et alors ?

– Elle se trouvait sur les lieux du crime.

– Tu m'accuses ?

– Je pense que tu es liée de près à cet événement. Dis-moi ce que tu sais et je ferai en sorte de t'épargner un châtiment trop sévère.

– Je suis au courant pour Desmond Wayne, répondit-elle. Mais j'ignore qui a rompu les pactes. Consulte le Registre des Puissances. Invoque l'un des agents des ténèbres qui sont à ta solde. Qu'as-tu besoin de mes services pour répondre à de telles questions ?

– Je sens quelqu'un au-dessus de toi. Qui est-ce ?

Myra se composa une mimique boudeuse :

– Que me donnes-tu si je parle ?

– Pas de chantage. Je pourrais vider ton minable commerce en un clin d'œil. Mauvais pour les affaires. Mauvais pour les rites. Tu veux voir ça ?

– Donne-moi le pouvoir d'invoquer un agent des ténèbres, une entité importante, et alors on verra.

– Je ne passe pas de tels marchés.

– Tu veux tout pour rien. Ce n'est pas juste. Si je parle, je cours un gros risque.

– Tu te crois de taille à m'imposer quoi que ce soit ?

– Tu crains ce nouvel adversaire. Au fond, tu n'es pas si sûr de ta force...

Graymes ricana.

– Soit. Je te donnerai un nom que tu prononceras trois fois en conservant une poignée de sel dans la main gauche. Ce sel, tu le jetteras derrière toi pour congédier le sire.

– Quel est son nom ? Dis-le-moi tout de suite.

Elle se rapprocha insidieusement de lui, plongeant son regard dans le sien, effleurant ses lèvres des siennes.

– Log-Alahir, répondit Graymes. Il te servira bien.

Elle passa ses bras autour de sa nuque. L'ergot dressé de sa bague le piqua légèrement au cou, juste sous l'oreille, assez pour laisser pénétrer le venin. La sensation de brûlure fit tressaillir Graymes. Un voile noir passa soudain devant ses yeux. Avec un grognement de fureur, il chercha à saisir la jeune femme. Mais elle se rejeta en arrière avec une vivacité de serpent.

– Royaume de démons ! marmonna-t-il.

Et il s'abattit en avant, face contre terre. Tétanisé.

SOUVENIRS

– Rêves-tu, Maître ? demanda Myra à voix basse.

Elle n'obtint pour toute réponse qu'un sifflement rauque échappé de la nuit. Elle s'approcha à plat ventre, tel un reptile, ses longues mèches noires caressant le dallage poussiéreux. Le trône la recouvrait de son ombre, ouvrage sculpté dans une colonne de magma noir et bouillonnant. Les puissants accoudoirs glissaient jusqu'à terre tels les bras d'un grand cadavre décomposé. Le siège était orné de figures d'épouvante aux traits grimaçants, aux bouches tordues et mobiles. Myra leva prudemment les yeux et renouvela sa question.

– R... Rêves-tu, Maître ?

– Ouuiii... grinça une voix douce. Je rêve. Approche...

Elle obtempéra avec un dégoût qui parut

emplir le monstre cornu de jubilation perverse. Quand elle fut assez près, il se pencha et caressa son épaule de son ongle recourbé. Elle aurait voulu fuir, mais une force supérieure à la sienne l'en empêchait. Prisonnière. Cette seule pensée la mettait à la torture.

Elle se souvenait du jour où Lenard Aviathan était entré au Krylo's Bar avec son costume trois-pièces et son attaché-case empli de dollars. Elle avait peine à croire qu'à présent, sa puissance fût devenue telle qu'elle dût s'incliner devant lui telle la plus vile des servantes.

Comme si elle avait pu suivre le cheminement de sa pensée, la bête émit un petit gloussement.

– N'oublie pas qu'un pacte nous lie. En te soumettant à moi, tu savais ce que tu faisais. À quoi tu t'exposais. Tu as couru ce risque pour un peu d'argent. Tant pis. M'as-tu bien servi ?

– Graymes est hors d'état de nuire à l'heure qu'il est… La menace est écartée. Quel grand pouvoir tu vas acquérir… Gouverner les Fenêtres ! Ton nom brillera au plus haut sur le Registre des Puissances.

Aviathan hocha la tête et, descendant de son trône, laissa ostensiblement traîner sa longue cape mordorée.

– C'est presque trop facile. Tu vois, il suffisait d'abandonner un indice pour attirer Graymes dans le piège. Tu n'avais rien à craindre.

– C'était risqué.

– À présent que le seul obstacle sérieux est levé...

Il s'approcha d'une colonne de vapeur fluorescente qui s'élevait en gracieuses circonvolutions vers la voûte et l'effleura de sa main. Aussitôt il retrouva son apparence humaine. Myra poussa un soupir de soulagement et trouva le courage de se redresser.

– Es-tu obligé de revêtir des formes aussi abjectes ? Tu me donnes envie de vomir...

Aviathan rajusta ses lunettes sur son nez.

– Tu ne voudrais pas m'ôter ce plaisir ? Ici, tout ce que j'imagine est. Tout ce que je désire s'exauce. Je vais te faire un aveu. Je raffole de cette apparence...

Myra se glissa dans son dos et lui enlaça la taille.

– Pourquoi ne veux-tu pas partager ton secret avec moi ? Je t'ai appris tant et tant de choses. Ce n'est pas juste. Comment es-tu parvenu à créer cet espace ? Est-ce une autre dimension ? Une strate infernale ? Dis-moi ton secret et je serai très gentille...

Il la repoussa froidement.

– Tu n'as plus rien à m'offrir que je n'aie déjà goûté.

Dépitée, Myra lui tourna le dos et croisa les bras, boudeuse :

– Veille plutôt sur la Fenêtre Occident. Tu risques gros. S'il se produisait une fissure...

– Les Quatre Veilleurs sont ici. Esgoth a bien œuvré. Le jeu va vraiment pouvoir commencer.

Il sortit l'insigne de Desmond Wayne et le fit miroiter dans la lumière glacée...

Sitôt franchi le seuil de la demeure, Jade eut l'étrange sensation d'avoir déclenché un mécanisme invisible. Par précaution, elle proféra un vieux charme protecteur mais, à sa grande stupeur, la formule n'opéra pas. Cela ne lui dit rien qui vaille. Elle recula, cherchant à tâtons la poignée de la porte d'entrée. Elle ne la trouva pas. Elle se tourna. Un mur vierge de toute ouverture lui barrait le passage. Un soupçon commença à s'immiscer dans son esprit : ce rendez-vous ressemblait fort à un traquenard. Elle doutait à présent que ce fût Wayne qui ait activé le code d'urgence, ce qui signifiait que son insigne avait dû tomber entre des mains mal intentionnées. Mais il était trop tard pour fuir.

Le décor avait changé. Jade se tenait au centre d'une grande salle de danse. Le mur en face d'elle, tapissé de miroirs, ne lui renvoyait que sa seule image. La jeune femme crut se sentir mal. Cet endroit éveillait en elle des échos douloureux du passé, qu'elle avait crus enfouis à jamais dans les profondeurs de l'oubli. L'école de danse... Cette horrible école de danse, si vaste, si intimidante, où sa mère la conduisait de force lorsqu'elle était enfant. Elle avait vécu là-bas des heures d'angoisse et d'humiliation dont l'évocation lui retournait encore les sangs même à présent qu'elle était adulte. Pourquoi cette vision ressurgissait-elle dans ce lieu désert ? Qui avait eu connaissance de ce détail de son passé intime et s'ingéniait à le lui jeter à la figure ?

Quoique douée d'un fort tempérament, Jade ne put s'empêcher de frissonner. Le carrelage lui-même était identique. Dalles noires. Dalles blanches. Dalles noires. Dalles... Elle se mit à chantonner malgré elle, comme autrefois, pour tenter de museler sa peur. Elle n'avait jamais été très douée pour la danse. Elle sursauta soudain. Un piano venait d'entonner derrière elle un célèbre pas de deux.

– Jade ! lança une voix aigrelette. Jade !!! Un, deux, trois, un… un, deux, trois, un… Petite garce, la mesure !

Pétrifiée, Jade sentit la panique envahir tout son être. Elle se tourna lentement. Dans l'angle le plus éloigné, elle aperçut la silhouette voûtée de Mme Larina. Non, son spectre, plutôt… La vieille dame était morte depuis des lustres. Jade recula de terreur. C'était impossible. Elle appela à elle un nouvel enchantement, sans plus de succès que la première fois. Pourquoi sa magie restait-elle sans effet ? Arc-boutée sur le clavier, Mme Larina l'observait avec la même méchanceté que jadis.

– Un, deux, trois, quatre, Jade, en cadence ! Pleurer ne te servira à rien ! À rien du tout !

Jade réprima un sanglot. Elle pleurait, en effet. Ses yeux la brûlaient.

– Qui êtes-vous ? s'écria-t-elle, cherchant à contenir sa rage.

– Non, Jade, non, ce n'est pas ça ! hurla le professeur. Tant pis. Je vais te punir.

La vieille femme quitta son tabouret d'une démarche claudicante et agita de manière significative sa longue canne. Jade recula, recula tant qu'elle put, jusqu'à se heurter à la barre de travail. Comme le fantôme arrivait tout près d'elle, elle préféra fermer les yeux.

– Donne-moi ton insigne, Jade. Renonce…

Dalles noires. Dalles blanches. Dalles noires. Dalles…

… Cinq Fenêtres ouvrent sur le Dehors.

Le Dehors n'est pas Cosmos. Il n'est pas Limbes. Il est Dehors, où se massent les forces hostiles et délétères qui s'agitent en attendant de se repaître du monde.

Cinq Fenêtres ouvrent sur le Dehors.

Fenêtre Occident.

Fenêtre Orient.

Fenêtre Méridion.

Fenêtre Septentrion.

Fenêtre Intérieure.

Sur chacune d'entre elles veille un gardien qui, armé des traités, tient à distance ces forces, tel le feu du voyageur éloigne les loups. Chaque Initié peut se voir confier cette charge. Elle est pour lui source d'enseignement et de progression. Durant le temps où il l'exerce, il doit suspendre ses autres activités magiques, renoncer aux affrontements et signer la trêve avec ses ennemis. Il ne doit plus souscrire aucun pacte car fermer son esprit aux Chants du Dehors n'est pas si aisé. La tentation est grande, et faible est l'âme humaine. Si le Veilleur manquait à son devoir, s'il venait à disparaître, des fissures naîtraient et les forces du Dehors, en nombre, recouvriraient la Terre…

… Cinq Fenêtres ouvrent sur le Dehors.

Ces sentences étaient illustrées de dessins grotesques à la plume, dont la naïveté moyenâgeuse aurait prêté à sourire en d'autres circonstances. Mais Single n'avait pas le cœur à l'amusement. Cette dernière ligne lui avait fait passer un frisson dans le dos. Il la nota soigneusement sur son carnet. De la chambre voisine, la voix d'Elen le ramena à la réalité :

– Bob, il est plus de minuit ! Viens donc te coucher…

– Un instant, chérie. J'en termine avec cela…

Insatisfaite de sa réponse, son épouse enfila son peignoir et, se glissant dans son bureau en catimini, lui passa les bras autour du cou. Il sursauta violemment.

– Oh, bon Dieu, Elen ! Tu m'as fichu une de ces frousses !

La jeune femme avisa la pile de vieux ouvrages entassés sur le bureau.

– Encore tes livres de magie ? Tu finiras par te rendre fou avec ces trucs-là...

Single agita une main d'un air implorant, sans lever les yeux de la feuille qu'il noircissait avec application. Il finit par reposer son stylo et frotter ses yeux rougis par la fatigue.

– Je sais... Tu dois penser que je perds le nord. Pourtant, je t'assure que tout ça est très sérieux. J'ai une affaire en cours qui pourrait bien trouver sa solution dans l'un de ces traités.

– Ne serais-tu pas de nouveau en relation avec ce professeur de Columbia dont tu m'as déjà parlé ?

– Il n'a rien à voir.

– Je pense au contraire qu'il a à voir.

– Non, Elen. Je t'assure que non.

La jeune femme lui donna une tape sur l'épaule.

– Je t'apporte du café. De toute façon, tu m'as coupé l'envie de dormir. Et tu me raconteras tes théories sur les magiciens de New York !

Elle remonta un thermos et deux gobelets. Single avala son breuvage fumant avec un plaisir manifeste. Tout en se servant, Elen saisit l'occasion :

– Tu réalises que nous ne sommes pas partis en week-end depuis des mois ? Les enfants font la grimace. C'est à peine s'ils ont le temps de te voir au petit déjeuner, et ça ne suffit pas... J'espère que tu n'as pas oublié ton anniversaire demain soir ?

Single poussa un soupir.

– Bien sûr que non. Crois-moi, je suis le premier à déplorer la situation. J'ai mis le doigt dans un engrenage et je ne peux plus le retirer... Depuis cette affaire dans le Bronx, je l'avoue, ma vie a basculé. Elen, il existe un autre univers que celui que nous voyons, que nous touchons... À l'heure où je te parle, des sorciers se livrent une guerre sans merci dans cette fichue ville, une guerre dont nous n'avons pas idée. Ils font appel dans leur lutte à des prodiges dépassant l'entendement, ils sont capables d'invoquer des êtres...

Il laissa sa phrase en suspens, horrifié par ce qu'il était sur le point de révéler. Elen trempa les lèvres dans son café, puis lança, narquoise :

– Que fait la police ?

– Justement, la police est impuissante. Elle ne contrôle pas la situation. Ce n'est plus sa juridiction. Ni celle d'aucun pouvoir législatif. Ces luttes souterraines sont régies par des codes, des chartes inconnues des simples mortels que nous sommes. Elles comptent leurs propres régulateurs.

Et Ebenezer Graymes est l'un de ces régulateurs.

– Il te l'a dit ?

– Non, et mieux vaut ne pas aborder ce sujet avec lui. Mais je l'ai vu à l'œuvre. C'est un Commandeur, j'en ai la certitude.

– Un Commandeur...

Il acquiesça avec un geste de lassitude.

– Tu ne crois pas un mot de ce que je raconte, pas vrai ?

Elen hocha la tête.

– Si, si, je suis persuadée qu'il y a là-dehors une flopée de cinglés prêts à agir au nom de n'importe quelle croyance grotesque. Cela a toujours été. De là à imaginer que cette ville serait un champ de bataille organisé où s'affrontent des cliques d'occultistes... Je pense qu'on a déjà fort à faire avec la criminalité classique, non ?

– Les deux sont souvent liés. Plus qu'on ne l'imagine.

– Pourquoi n'en parle-t-on jamais à la télé ?

Single répondit sobrement.

– Parce qu'ils ne le veulent pas.

– Ils ?

Le policier poussa un soupir.

– Le secret, c'est ça leur force. Des réseaux souterrains dissimulés par des activités de façade parfaitement anodines.

Graymes lui-même utilise une couverture. Sa chaire de professeur à Columbia n'est rien d'autre.

– C'est bon, Bilbo. Calme-toi. Viens te coucher. Je crois que tu as vraiment besoin de vacances...

BAIN FORCÉ

– Par ici ! exulta Hatto Goffon en se frottant les mains. Porte-le par ici ! Je veux le jeter moi-même à l'eau. Et voir de quelle manière les crabes le dévoreront.

Le colosse à la coiffure iroquoise tira le corps inanimé de Graymes hors de la voiture.

– Une balle, ce serait plus rapide, fit-il remarquer. À quoi ça rime de l'enchaîner à un bloc de ciment ?

– Face de rat, muqueuse d'otarie ! rétorqua le nabot en le pressant par de grands gestes impatients. Une balle, dis-tu ? Sais-tu bien qui est cet homme ? Un sorcier de la pire espèce. Les balles pourraient être sans effet sur lui. Qui veut le détruire doit respecter la tradition et le noyer. Ainsi son fantôme ne reviendra pas nous gratter les pieds ! Atchi !

Le nain essuya la morve verdâtre qui avait dégouliné sur son menton.

– Merveille. J'éternue de bonheur. Bouge-toi et cesse de bavasser !

Ils déposèrent l'occultiste sur le rebord du ponton, cadenassèrent promptement la chaîne à ses chevilles. Hatto Goffon se recula légèrement pour jouir du spectacle.

– À moi l'honneur, à moi !

Il s'arc-bouta pour faire basculer l'énorme bloc de ciment dans l'eau noire. La chaîne se déroula avec un tintement lugubre, entraînant le corps dans sa plongée. En un clin d'œil, Graymes disparut dans les eaux noires, sans une éclaboussure. Goffon s'aplatit sur le quai, scrutant la surface muette avec ravissement.

– Je l'ai eu ! Moi ! L'avorton ! La bave de crapaud ! Ah, Commandeur, quel sombre avenir te réserve l'Au-Delà. J'en connais qui te demanderont des comptes là où tu vas...

Une bulle grasse éclata encore et ce fut tout. Un large sourire découvrit les dents noires du nabot :

– En somme, il n'était que du vent ! Une outre remplie de vent ! Hi-Ah !

Son rire se brisa net. Une main gantée de noir venait de jaillir de la vase et se referma sur son cou. Il poussa un couinement misérable, juste avant que d'être entraîné sous l'eau. Frappé de stupeur, son compagnon extirpa un 45 automatique avec un temps de retard et vida son chargeur au jugé. Convaincu d'avoir atteint sa cible, il remit l'arme dans sa ceinture. Il se souciait du sort de Goffon comme d'une guigne. Il n'avait jamais pu supporter cette erreur de la nature et comprenait mal l'intérêt que Myra retirait de son commerce. Mais tant de choses échappaient à son cerveau lilliputien...

Un coup de vent le fit frissonner. Entre les nuages, la clarté de la lune perça furtivement. Une ombre occulta soudain la lumière des phares... Le géant sentit une inquiétude irraisonnée grandir en lui. Il eut la conviction que quelqu'un se tenait dans son dos. Il se tourna prudemment. Une haute silhouette noire, dégoulinante d'eau, lui faisait face. Quand il croisa le regard étincelant, il ne put réprimer un tremblement nerveux. Il eut l'impression d'être enveloppé par un nuage sombre. Un poing s'enfonça dans son estomac, lui coupant le souffle. Il ouvrit la bouche, cherchant de l'air. Juste avant d'être soulevé de terre et jeté dans l'eau glacée.

Cette formalité accomplie, Graymes se retourna vers Hatto Goffon qui, grelottant de froid autant que de peur, s'était rencogné contre la voiture. Il le saisit par le paletot et le souleva jusqu'à hauteur de son visage. L'homme-crapaud éternua violemment. L'occultiste essuya sa joue d'un revers de main dégoûté.

– Quant à toi, langue de vipère...

– Maître, je vous en conjure ! hurla le nabot. Laissez-moi. Je n'y suis pour rien. C'est Myra. Elle m'a forcé, par un charme puissant, à vous trahir. Elle s'est jouée de vous. Elle s'est alliée avec celui-là même que vous cherchez. Vous savez combien je vous suis dévoué. Jusqu'à la mort, Maître...

– Tant mieux, car elle arrive pour toi à grands pas.

– Pitié, épargnez-moi... Je n'avais pas vraiment serré les chaînes, vous savez ! En somme, c'est grâce à moi si...

Il lorgna en direction de la rivière. Avait-il oublié quelque chose dans le rituel ? Il n'arrivait pas à comprendre de quelle manière Graymes était remonté.

– Je ne te dois rien, excrément de grenouille. Je me suis sorti seul de ton traquenard.

Graymes le considérait sans aménité, dégoulinant et pitoyable comme un chat réchappé de la noyade. Tant de fois par le passé, il avait tenu sa vie immonde entre ses mains. Pour une raison inconnue, il ne s'était jamais résolu à lui faire expier ses multiples forfaits.

– Parle ! Qui a assassiné Desmond Wayne... Qui a volé son insigne ?

– Aaargh ! Il se nomme Lenard Aviathan. C'est tout ce que je sais. Myra commerce avec lui. C'est une puissance.

– Je ne connais aucune puissance de ce nom.

– Nouveau venu, maître. Le Registre des Puissances ne tardera pas à l'inscrire. Seule Myra sait. Myra, cette traîtresse...

– Je la questionnerai, tu peux en être sûr. Mais toi, je ne sais ce qui me retient...

Il laissa retomber le nain qui, de terreur, recouvrit son crâne de ses mains.

– À moi ! gémit Goffon.

Mais rien ne se produisit. Quand il osa relever la tête, Graymes s'était volatilisé.

Myra avait presque terminé sa potion.

Selon la tradition, elle avait rajouté quelques gouttes de sang d'hirondelle séché, la pointe d'ellébore indispensable et autres pétales de renoncule. Elle avait malaxé le tout avec un pilon préalablement trempé dans son urine, à la mode des sorcières d'antan. À présent, elle passait et repassait le bol en bois au-dessus d'une flamme en psalmodiant des incantations.

Comme elle observait avec espoir les premières fumerolles s'élever à la surface de sa mixture, elle éprouva soudain une impression bizarre. Elle reposa précipitamment le récipient et, écartant le rideau, scruta la salle de danse désertée.

– Goffon, c'est toi, misérable peste ?

Seul le silence lui répondit. Comme elle revenait à sa table de travail, elle fut saisie d'effroi. Le bol avait disparu. Elle sentit soudain la présence étrangère et lança une conjuration en nouant ses doigts. Un rire acerbe partit du fond de la pièce.

– De tels charmes sont inopérants sur moi.

Une silhouette se détacha du recoin de la cheminée.

– Graymes ? s'étrangla la magicienne. Toi... ici ?

– Tu devrais le savoir, tu m'as invoqué.

– Moi ?

– N'as-tu pas, voici une heure, enjoint Log-Lahir à te rejoindre ?

– Oui, et tu m'as trompée. Je tenais le sel. Il n'est pas venu.

– Si, puisque me voilà. En m'invoquant

par l'un de mes noms cachés, tu m'as délivré d'une fâcheuse posture. Mille mercis.

Myra fouilla dans sa poche, tira la poignée de sel et la jeta.

– Bien sûr, poursuivit Graymes en vidant le contenu du bol dans les flammes, provoquant une flambée verdâtre, je t'ai un peu menti sur la manière de t'en débarrasser...

Le visage déformé par la colère, Myra serra rageusement ses poings. Puis changeant brusquement de stratégie, elle arbora son sourire le plus charmeur et ondula vers l'occultiste.

– Dans le fond, nous sommes semblables. Nous pourrions nous unir...

– Non, merci. Tu as coutume de t'unir avec trop de monde.

– Laisse-moi essayer, tu ne le regretteras pas.

Graymes la saisit soudain par les cheveux. Surprise, elle poussa un cri d'orfraie et se débattit comme en proie à une douleur insupportable.

– Peu vigilante sorcière ! Ne sais-tu pas qu'un démon, en te saisissant par les cheveux, peut t'entraîner avec lui de l'autre côté ? Au Dehors ?

– Arrête ! Lâche-moi !

Elle implora, gémit, se tordit les bras, mais Graymes ne relâcha pas son emprise :

– Tu m'as invoqué. Tu es à ma merci. Parle à présent, dis-moi ce que tu sais sur ton nouvel allié...

– Sale bâtard de Goffon, c'est lui qui...

– Il a son utilité. Comme le roseau, il penche dans le sens du vent. Allons, tu vas devoir tout me dire...

Il approcha ses lèvres des siennes. Elle tenta de le piquer à nouveau avec sa bague truquée, mais cette fois, il bloqua sèchement son poignet. Il l'embrassa légèrement sur la joue.

– Que veut-il faire de l'insigne ? Il doit avoir une bonne raison pour l'avoir dérobé. Parle... À présent, il faut tout me dire...

Myra eut un hoquet. Une ombre immense se répandit dans la pièce, au milieu de laquelle brûlaient deux yeux bleus, lacs immenses dans lesquels elle se noya.

HAPPY BIRTHDAY

Single ouvrit un œil. Puis deux.

Il considéra avec gravité les flammèches qui vacillaient devant lui. L'instant fatidique était arrivé. Il prit une profonde inspiration, recula légèrement sur sa chaise et souffla d'un coup. Pas une bougie du gâteau n'en réchappa, et un peu de sucre glace partit enneiger le nez de Johnny qui s'était approché de trop près. Le petit garçon éclata de rire, tandis que son frère le montrait du doigt en se moquant. Elen applaudit l'exploit.

– C'est quand, mon anniversaire à moi ? demanda Tim, envieux.

– L'année prochaine, répondit son père en ébouriffant sa tignasse.

– Mais le dernier remonte à loin ! protesta l'enfant.

– Au moins trois mois, une éternité ! Qui coupe ce fabuleux gâteau ?

Il observa Elen tandis qu'elle officiait avec la grande pelle en argent. Elle était très belle, ce soir, dans son ensemble de soie beige, ses cheveux blonds relevés en un chignon flou. L'excitation et le champagne avaient rosi ses joues et son regard brillant rencontrait souvent le sien.

– Je crois que je suis amoureux, soupira Single.

Elle lui adressa un signe codé qui le fit pouffer de rire. Il ne goûtait pas si souvent aux joies simples des fêtes de famille. Qu'il était agréable pour un temps d'oublier le monde extérieur et sa violence. Les enfants avalèrent leur part de cheesecake et demandèrent :

– On peut mettre la télé ?

Single allait hausser un sourcil pointilleux, mais Elen lui coupa l'herbe sous le pied.

– O.K., les garçons. Moi, j'emmène papa lui montrer son cadeau là-haut. Soyez sage...

Tandis que les jumeaux se précipitaient au salon, Elen prit son mari par la main, un sourire malicieux aux lèvres.

– Alors, tu viens l'ouvrir, ton cadeau ?

Il la suivit dans la chambre sans se faire prier. Elle l'embrassa tendrement.

– Bon anniversaire, Bilbo !

Étaient-ce les effets du champagne, il était deux heures du matin et Single n'arrivait toujours pas à fermer l'œil. À ses côtés, Elen dormait profondément. Il décida de descendre se servir un verre de lait dans la cuisine. Comme il traversait le couloir, il aperçut une lumière qui filtrait de la chambre des enfants. S'approchant à pas de loup, il entrebâilla la porte pour découvrir les garçons en pyjama penchés sur l'ordinateur et se livrant à une partie acharnée.

Mécontent, Single se glissa juste derrière eux sans qu'ils s'en aperçoivent. Il allait manifester sa présence lorsque son attention fut captée par la scène qui se déroulait sur l'écran. Un homme en noir armé d'une longue épée courait parmi des ruines inquiétantes, un manteau flottant sur ses épaules, traquant des monstres dissimulés dans un décor d'apocalypse. Cette singulière vision, rehaussée par le réalisme du graphisme, frappa tellement le policier qu'il resta un temps sans réaction. Johnny s'aperçut soudain de sa présence et poussa un cri. Aussi vifs que des moineaux, les gamins s'enfouirent sous leurs draps.

Single éteignit le jeu.

– Si je vous y reprends, comptez sur moi pour...

À cet instant précis, la sonnerie du téléphone vrilla le silence. Single sentit les battements de son cœur s'accélérer. Il se hâta de décrocher. Au bout du fil, il y eut d'abord un silence, puis une voix grave, reconnaissable entre mille :

– Pourriez-vous passer me voir ?

– Graymes ?

– Je conviens qu'il est tard pour les visites, mais j'ai du nouveau sur votre affaire et j'ai pensé que cela vous intéresserait.

– Évidemment ! Je... J'arrive.

– Au fait, bon anniversaire...

Single raccrocha, interloqué. D'où diable savait-il que c'était son anniversaire ?

Comme à chaque fois qu'il se risquait à rendre visite au démonologue, Single ne fut guère rassuré en gravissant le grand escalier orné de gargouilles moqueuses. Il lui semblait que la maison tout entière tournait des yeux invisibles vers sa personne. En haut des marches, la haute silhouette de Graymes apparut soudain, portant un chandelier. Il était vêtu d'un simple costume de tweed gris, sous lequel il portait l'une de ses inamovibles chemises blanches à col cassé, barré d'un ascot noir. Fin observateur, Single présuma qu'il venait de rentrer et de se changer en hâte.

– Il faudra qu'un jour, je vous informe des progrès de la science. L'électricité, par exemple.

– Mille excuses, j'ai tellement l'habitude d'évoluer dans cette pénombre que je n'y prête plus attention.

– Sans la lune, à peine si je trouvais la porte !

Graymes tourna un regard mélancolique au dehors, contemplant la pâle clarté qui filtrait par les hautes fenêtres gothiques. Un sourire passa sur ses lèvres.

– Oui, la lune… répéta-t-il songeur.

Il avança sa main dans l'un des rayons, comme pour le caresser. Une ombre griffue se projeta furtivement sur le mur opposé, qui plongea Single dans un abîme d'interrogations…

– Suivez-moi. Nous avons à parler.

Graymes l'introduisit dans le vaste loft qu'il occupait au dernier étage. Un feu nourri crépitait dans la cheminée de vastes proportions, aux corbeaux sculptés de masques hideux, mais l'air demeurait froid. Graymes s'assit dans un fauteuil à haut dossier, tourné de trois quarts vers la baie vitrée, et signifia à son hôte de prendre place face à lui.

– J'ai besoin de votre aide.

Single nota le sourire narquois.

– Cela, j'en doute fort.

– Non, je suis très sérieux. Notre adversaire est éminemment dangereux. Du moins je connais son identité et ses mobiles.

– De qui s'agit-il ? La justice doit trouver son compte dans cette affaire. Si nous arrivons à prouver que Wayne n'a pas sauté dans le vide mais qu'il a été poussé, nous...

Graymes l'interrompit avec une pointe d'agacement :

– Single, n'avez-vous donc rien compris ? De quelle justice parlez-vous, quand le sort de l'humanité dépend peut-être de ce que nous déciderons ce soir ? Arrêter cet homme ? Il serait libre deux heures plus tard, quelque créature à sa solde lui fournissant un alibi irréfutable. Car je crois qu'il n'agit pas seul. Il est très puissant. Il a tissé sa toile depuis longtemps, dans le plus grand secret, à l'abri des regards, échappant ainsi à ma vigilance. Il a prémédité tout cela dans les moindres détails. Non, il faut attaquer d'un autre côté. Suivez-moi, je veux vous montrer quelque chose...

Quittant son siège, il se dirigea vers une porte basse que dissimulait en partie une lourde tenture grenat. À son approche, le vantail s'entrouvrit sans un grincement. Le cœur battant, Single le suivit dans un escalier qui s'enroulait jusque sous les combles.

– Mon laboratoire, désigna Graymes d'un geste large. Rares sont les personnes à pouvoir se vanter d'être entrées ici. Plus rares celles à en être ressorties sans dommages...

Des lampes accrochées au mur brasillèrent, jetant un éclat trouble dans la pièce surmontée d'une coupole garnie de vitraux. Sur les étagères s'alignaient des fioles biscornues au contenu peu engageant, des reliques d'un autre âge et d'étranges appareils d'aspect rébarbatif. L'occultiste s'empara de l'un d'eux et le déposa devant le policier, sur la large table de travail surchargée de grimoires. À première vue, Single crut qu'il s'agissait d'un microscope, malgré le nombre extravagant de vis et de molettes. Tout en se livrant à quelques réglages, Graymes commenta :

– Il existe dans l'univers des lignes de force ignorées des mathématiques, des sanctuaires inexplorés, des dimensions à la mesure du cosmos inconnues du commun des mortels. Parce qu'elle est l'un des rares mondes vivants, la Terre se trouve au confluent de ces forces. Elle représente pour certaines entités un pôle à conquérir. Parfois, l'une d'elles se manifeste, tente à nouveau de fonder une domination quelconque... Ainsi que vous l'avez sûrement découvert, les Veilleurs ont avant tout une tâche d'observateur. Ils ne peuvent empêcher l'intrusion des sires invoqués par la magie ou les sacrifices, mais leur présence tient en respect les autres. Disséminés aux quatre points cardinaux de notre planète, ils empêchent ainsi que nous soyons submergés par ces entités, situation qui nous plongerait dans un chaos tel que nous n'en avons jamais connu. Moi-même, je les consulte parfois quand je ne recours pas à mes propres moyens d'observation tel cet engin extravagant qui fut conçu, dit-on, par Léonard de Vinci au XVe siècle...

– On dirait une sorte de lunette...

– Nous le nommons l'Œil Infini.

– L'Œil Infini ? Que voit-il ?

Graymes le couva d'un regard malicieux.

– Approchez-vous...

Le policier eut un temps d'hésitation.

– Vous ne risquez rien. Je reste à vos côtés.

Single se pencha avec précaution, ajustant ses paupières aux oculaires. Au début, il ne vit qu'un trou noir sans fond et crut à une plaisanterie. Puis sa vue s'adapta progressivement et il décela des mouvements, lesquels mouvements révélèrent bientôt des formes indistinctes aux contours changeants. Il eut l'impression d'observer un ballet de méduses dans un aquarium obscur. Fasciné, il ne voulut pas en perdre une miette. Il se sentait de plus en plus léger, comme s'il flottait dans cet infini, frôlé par des ailes invisibles. Il s'aperçut que son immobilité n'était qu'apparente. En vérité, il fendait la nuit à une vitesse invraisemblable. Il éprouva un vertige sans nom. Soudain, une masse gigantesque se dressa devant lui, deux yeux scintillèrent et une mâchoire d'épouvante s'ouvrit, prête à l'engloutir.

Une poigne solide le retint, lui évitant l'issue fatale. La lumière revint. Les contours du cabinet réapparurent. Single cligna des yeux. Il était étendu sur le sol, le visage inquiet de Graymes penché sur lui.

– Qu'est-ce qui s'est passé ? bredouilla-t-il.

– Un léger malaise.

Parmi ses immondes bocaux, l'occultiste s'empara d'une flasque poussiéreuse et remplit un verre ouvragé d'une liqueur mordorée. Single esquissa une grimace.

– Non, merci.

– Buvez... C'est excellent, je vous assure.

À contrecœur, Single avala d'un trait, toussa et considéra le gobelet vide.

– Mais... c'est du cognac !

– Fine Napoléon, nuance ! Je la range ici car la température de la pièce se prête idéalement à sa conservation.

– Combien de temps suis-je resté dans...

– Dix secondes à peine.

– Cela m'a paru interminable. J'avais l'impression de...

– Voler ?

– Oui... C'était envoûtant et... terrifiant.

– Quelques instants encore, et vous perdiez la raison. Quiconque utilise l'Œil Infini sans préparation, initié ou pas, est une proie facile pour ceux du Dehors. Même à distance.

– Qu'est-ce que j'ai vu ?

– Du menu fretin. Des entités de troisième ordre, juste bonnes à servir votre petit déjeuner au lit.

– Vous voulez dire... des démons ?

– Pfff... Si cette appellation vous convient mieux.

– Comment saviez-vous ce que je regardais ?

– Je ne vous ai pas quitté un seul instant. Ma pensée était près de la vôtre. Sinon, vous n'auriez jamais pu revenir. Vous venez seulement de regarder à travers une sorte de hublot. Ainsi vous comprenez aisément que même instruit, le Veilleur qui côtoie cette frontière en permanence subisse l'emprise du Dehors. C'est pourquoi il est nécessaire de le relever fréquemment, pour éviter qu'il ne soit contaminé par cette très déplaisante proximité... Ceux du Dehors savent qu'ils sont observés et par qui. Ils utilisent les subterfuges les plus subtils pour convaincre, séduire le Veilleur... Nul ne doit lui porter atteinte, le détourner de sa tâche, car ce serait une grave menace pour le système entier. Voilà pourquoi j'abattrai l'homme qui, par vanité ou ambition, a transgressé le tabou. En dérobant l'insigne de Wayne, il est parvenu à provoquer une réunion des Veilleurs et il les retient présentement dans une maison sur Banks Street... Prisonniers. À sa merci. Il ne se passera guère de temps avant que des fissures apparaissent sur les Fenêtres et alors...

– Pourquoi me dites-vous tout cela ?

– Il me faut entrer dans la partie. Mais j'en ignore les règles. C'est ici que vous intervenez, Single. J'ai besoin d'une diversion.

– Une diversion ?

– Demain, vous rendrez visite à Lenard Aviathan, c'est son nom, le directeur d'Aviathan Software Company, à son siège social. Et là, vous lui poserez des questions de pure routine, selon la formule consacrée.

– À quel titre ? Son nom ne figure nulle part…

– C'est lui, le dernier rendez-vous mystérieusement effacé sur l'agenda de la victime. Vous pouvez lui faire croire que son enchantement n'a pas fonctionné sur ce point.

Single poussa un soupir.

– Dire que je viens d'avoir trente et un ans. Fichu anniversaire.

CAUCHEMAR VIRTUEL

Quand Jade reprit ses esprits, elle était étendue sur un banc de pierre. Elle se dressa sur un coude pour examiner les environs, et fut soulagée de ne pas trouver le studio de danse. Il avait cédé place à un jardin désolé, quadrillé de haies lugubres. Au-dessus d'elle, des frondaisons noueuses occultaient toute clarté. Parmi les arbres immobiles et nus, des statues d'un autre âge, le front incliné, les mains jointes, paraissaient sangloter en silence. Des feuilles mortes balayaient les allées alentour.

L'endroit était familier à Jade, mais comme il se trouvait distant de plusieurs milliers de kilomètres, elle arriva à la sinistre conclusion qu'elle était toujours prisonnière. Seule l'apparence de sa cellule avait changé. Examinant le paysage avec attention, elle fut frappée par les perspectives trop rectilignes, les contours trop ciselés…

– Virtuelle, murmura-t-elle. On dirait une image virtuelle…

Elle marcha le long du sentier mélancolique jusqu'à se heurter à une rangée de pierres tombales. Elle sentit son cœur se serrer. Sur l'un des monuments était gravé le nom de ses parents. Jade ne put réprimer une larme, non de tristesse, mais de colère rentrée. Qui lisait en elle de cette façon ? Qui fouillait ainsi dans sa mémoire ? À quoi rimait ce jeu cruel ?

Pour toute réponse, le vent lui apporta une vieille comptine de son enfance. N'écoutant que son désir de comprendre, Jade gravit le sentier jusqu'au sommet d'un tertre. De l'autre côté, elle découvrit un jardin potager géant tels ceux que l'on trouve dans les livres d'images, peuplé de légumes et de fruits parlant et chantant. Des papillons volaient, un cours d'eau brillait de mille étoiles et Jade se demanda un instant si elle ne rêvait pas.

– Mon Dieu… le royaume de Joe Haricot !

Avait-elle lu et relu cette bande dessinée défraîchie ! Voilà maintenant qu'elle y pénétrait, croisant les personnages qui l'avaient tant impressionnée lorsqu'elle était très jeune : Ludin Poireau aux yeux verts et Pic Chou-Fleur et sa mise en plis ! Hésitante, elle traversa le site enchanteur, considérant avec méfiance les légumes perruqués et les fruits affublés de lunettes de soleil. Ce royaume légendaire avait sûrement contribué à sa passion pour les choses de l'occulte.

Pour autant, cette irruption ne lui dit rien qui vaille.

Un nuage noir assombrit le ciel et de lourdes gouttes de pluie s'écrasèrent sur le sol. La végétation s'écarta, dévoilant une plante étrange et fabuleuse à forme humaine, longiligne et souple, parée de larges feuilles. Le visage délicatement nervuré éclatait d'une troublante beauté. Joe Haricot en personne.

Un instant, Jade demeura sans réaction.

Elle aurait pouffé de rire, si seulement elle n'avait pas senti une telle angoisse mordre ses entrailles. Joe Haricot avait été son amour de petite fille. Elle ne s'endormait jamais sans laisser l'album ouvert à la dernière page, où il était dessiné en pied, clignant de l'œil... Aussi demeura-t-elle coite tandis qu'il lui souriait de sa bouche en forme de pétales, et entonnait le second couplet de la comptine. Bien que tout son être s'y refusât, Jade se sentit inconsciemment attirée vers lui. Elle s'approcha tout près. Tout près de son rêve éveillé.

Des vrilles gluantes surgirent du feuillage et l'enlacèrent. Elle se laissa bercer de caresses enveloppantes, progressivement gagnée par une ivresse irrationnelle. Sa vue se brouilla. Son souffle devint plus court. Elle perdit toute notion des choses. Du temps.

Et de la mort.

– Donne-moi ton insigne, petite Jade...

Brusquement, des silhouettes étrangères firent irruption dans son champ de vision. Jade leur en voulut d'interrompre son si beau rêve. Elle entendit des voix s'écrier dans un brouillard :

– Coupez ces lianes.

– Impossible, elle est complètement ligotée !

– Tirez !

Le voile se déchira soudain et Jade recouvra ses sens. Elle repoussa la créature qui l'avait emprisonnée dans une gangue visqueuse et l'étouffait progressivement. Autour d'elle, les hommes qui venaient de lui porter secours s'arc-boutaient pour la libérer. Ils finirent par l'arracher du piège. Aussitôt, un rire fou éclata et dans un tourbillon de végétaux arrachés, Joe Haricot prit la fuite.

Des bras solides tirèrent Jade à l'écart. Elle grelottait.

Ses trois compagnons échangèrent des regards sombres tout en cherchant à la réconforter. Leurs costumes de ville, quoique déchirés et fripés, collaient mal avec le décor ambiant. Ils avaient l'air de naufragés surpris par la tempête à l'heure du dîner ou entre deux rendez-vous d'affaires. Leurs traits tirés, amaigris, leurs regards furtifs, étaient ceux d'hommes traqués. Jade n'eut guère besoin de les presser de questions. Elle lut dans leurs yeux le cauchemar qu'ils vivaient. Un cauchemar identique au sien.

Elle connaissait chacun d'eux.

Le grand homme brun de type indien s'appelait Danjhal, industriel à Calcutta. Juste derrière lui se tenait Nath Wellerba, du Cap, patron d'un groupe de presse. La transpiration vérolait son crâne presque chauve et il n'avait plus cette expression joviale que Jade lui avait connu naguère. Ses petits yeux noirs clignaient de peur, et ses joues flasques tombaient autour de sa bouche ronde et charnue. Un peu en retrait, Lima Stolley, au corps souple et élancé, noir comme la plus pure ébène, continuait d'observer les environs avec méfiance. Homme politique dans son pays, il avait gravi un à un les échelons du pouvoir et assurait à présent la charge suprême.

Elle devina sans peine la raison de leur présence : à coup sûr ils occupaient la charge de Veilleur, et comme elle avaient été attirés ici. Seul Desmond Wayne manquait à l'appel. Jade fit le signe de reconnaissance traditionnel, apposant deux doigts de sa main droite sur son front, et prononça la phrase rituelle. Chacun lui répondit à tour de rôle, avec gravité.

– Évitez de parler, dit Danjhal. Nous ne savons pas de quelle manière réagit cet... endroit. Mais nous sommes sûrs d'une chose. Tous nos faits et gestes sont épiés.

Il paraissait avoir pris un certain ascendant sur ses pairs, sans doute parce qu'il était naturellement le plus apte à faire face à ce type de situation – hormis Lima Stolley, l'Africain, qui semblait se cantonner à un rôle de sentinelle, l'œil mobile, toujours fixé dans la direction opposée à celle de ses compagnons. Son attitude lui valut un haussement d'épaule de la part du gros Wellerba, magicien de rang inférieur.

– Encore une chance qu'on ait entendu le chant de cette saleté, grogna-t-il. Elle n'était pas là quand nous sommes passés la première fois, j'en suis sûr…

Il jeta un regard réprobateur vers la jeune femme. Jade se sentit curieusement fautive.

– Inutile d'en parler, intervint Danjhal. C'était là, voilà tout.

– Êtes-vous là depuis longtemps ? demanda Jade.

– Comme vous je suppose, nous sommes entrés dans cette maison maudite sitôt après notre arrivée. Nous pensions y retrouver Wayne. Dès que nous avons franchi le seuil, tout a basculé. Et depuis, nous errons au hasard…

– Justement, où est Wayne ?

– Soit c'est lui qui nous manipule, soit il est mort. Car l'appel d'urgence provenait de son insigne.

Jade réfléchissait rapidement.

– Celui qui nous retient ici joue avec notre mémoire. Il recrée nos pires souvenirs. Il peut lire en nous. Ce n'est pas un pouvoir qui s'acquiert en un jour. Mais dans quel but ? Ignore-t-il que nous sommes intouchables ?

Wellerba haussa les épaules.

– Je crois qu'IL le sait, mais qu'il s'en

fout. Pour l'heure, il se contente de nous rendre dingues. Et il y arrive...

Il raconta de quelle façon il s'était retrouvé enfermé dans une cave foisonnant de rats.

– J'ai toujours eu la phobie des rats et je vous jure bien que je ne m'en suis vanté devant personne.

– Nous créons nous-mêmes ces pièges, supputa Jade. Notre ennemi joue sur nos points faibles, nos terreurs d'enfant, nos fantasmes... Nous évoluons dans un espace virtuel. Un monde sans cesse mouvant qui tire ses images de nos pensées. Je crois que ce sont des ordinateurs qui mettent au point tout cela.

– Des ordinateurs ? s'exclama Wellerba. C'est absurde. Nul n'a jamais pu conjuguer informatique et magie. Nous savons que les microprocesseurs sont insensibles aux charmes...

– Vraiment ? interrogea Jade.

Le silence qui suivit lui prouva que l'idée faisait son chemin dans l'esprit de ses compagnons.

– Seul un puissant Initié peut agir de la sorte et, dans le même temps, neutraliser nos propres pouvoirs... réfléchit Danjahl. Et ils ne sont guère nombreux à New York de cette stature...

– Le premier nom qui me vient à l'esprit est celui d'Ebenezer Graymes, maugréa Wellerba.

Jade réagit vivement.

– C'est grotesque ! Graymes est un Commandeur. Il n'aurait aucune raison de nous nuire.

– Ma chère, rétorqua Wellerba, j'ai bien peur que des motifs personnels n'entachent votre jugement... Nous savons vous et moi que Graymes est une puissance, ici. Et qu'il est très proche de Ceux du Dehors, au point que sa candidature n'est jamais retenue comme Veilleur. Supposons qu'il ait finalement cédé à ses noirs instincts ? Nous n'ignorons pas quelle sorte d'Initié il est. L'enseignement du vénérable John Neery n'y change rien. C'est un être fondamentalement maléfique et il n'a que mépris pour notre congrégation.

Jade marqua son désaccord avec énergie.

– J'ai œuvré à ses côtés, autrefois. Il m'a enseigné un grand nombre de choses. Je pense le connaître mieux qu'aucun de vous. Suffisamment pour savoir qu'il ne se livrerait pas à une mascarade aussi sinistre.

– Qui peut connaître les pensées d'un Commandeur ? Et de celui-ci en particulier...

– Si Graymes a organisé ce piège, interrompit Danjhal, nous le découvririons bien assez vite.

– Lenard Aviathan... murmura Stolley qui, jusqu'alors, semblait n'avoir prêté qu'une oreille distraite à la conversation. Rappelez-vous ce jeune énergumène qui se prétendait un génie de l'informatique et voulait à toute force devenir un Veilleur. Quand sa candidature a été repoussée, il a proféré les pires malédictions... Nous siégions au Grand Conseil, alors.

– En effet, se souvint Danjhal. Si c'est lui, il a décuplé son pouvoir. Que veut-il ?

– Nos insignes, laissa tomber Jade. Chacun de nous porte le sien, n'est-ce pas ?

Les magiciens échangèrent un regard consterné.

– Alors Wayne est sûrement mort.

– Qu'adviendra-t-il des Fenêtres si nous restons trop longtemps ici ?

– Au moins, il a permis que nous nous réunissions, observa Wellerba.

– Peut-être n'a-t-il rien permis du tout, suggéra Stolley. Peut-être l'a-t-il voulu, afin que nous nous détruisions mutuellement. Ainsi il s'emparera des insignes sans trop d'efforts.

– Silence à présent, conseilla Danjhal. Mieux vaut ne pas éveiller son attention. Et continuer à chercher la sortie.

Un coup de vent glacé transforma le jardin merveilleux en steppe glacée.

– Il n'y a pas de sortie, déclara Stolley. Hormis la folie. Ou la mort.

LEURRES

L'adresse que Single avait griffonnée sur une page de carnet le ramena au cœur de Manhattan, parmi les gratte-ciel nouvellement construits qui lançaient leurs lignes futuristes de verre et de marbre à l'assaut des nuages de pollution. Une fois franchi le poste de surveillance situé au milieu du hall, le policier n'eut que le temps de saisir l'un des ascenseurs luxueux qui desservaient les prestigieux bureaux d'une douzaine de sociétés de finance.

Parmi elles, le cabinet de Lenard Aviathan ne déparait pas : épaisses moquettes rouges, décoration high-tech rehaussée d'une pointe subtile d'exotisme et l'inévitable baie vitrée plongeant sur les entrailles de la mégapole. Single fut introduit par une fort jolie secrétaire en tailleur gris.

À son entrée, un homme d'une trentaine

d'années, dominant un vaste bureau en forme de croissant de lune, pianotait sur un imposant ordinateur. Comme il ne lui prêtait aucune attention, le policier eut tout le temps de l'observer. Il avait peine à croire qu'il se trouvait en face du terrible magicien décrit par Graymes. Aviathan était très bel homme, les yeux clairs adoucis par des lunettes rondes, la mâchoire énergique, la coupe de cheveux réglée au scanner. Il portait un costume de soie gris dénué du moindre artifice susceptible d'indiquer son intérêt pour les sciences occultes : pas d'épingle à cravate, de chevalière ou de collier. Single fut déçu.

– Lieutenant Single ? lança soudain l'informaticien sans quitter son écran des yeux. Excusez-moi, mais je n'ai que très peu de temps à vous consacrer. Un dossier en souffrance...

– J'ai moi aussi un agenda très chargé, répliqua sèchement Single. Aussi vous voudrez bien répondre à quelques questions.

Aviathan daigna enfin lever les yeux vers lui. Un sourire sans chaleur passa sur ses lèvres.

– À quel sujet ?

– J'enquête sur un meurtre commis tout récemment dans le quartier. Un certain Desmond Wayne a été poussé dans le vide.

– Desmond Wayne ? J'en suis navré, mais le nom ne me dit rien. En quoi cela me concerne-t-il ?

Sans y avoir été convié, Single prit posément un siège.

– Votre nom figurait sur son carnet de rendez-vous.

Aviathan fit lentement pivoter son fauteuil vers son visiteur, à peine troublé, et le policier sut que la joute commençait vraiment.

– Je n'ai pas souvenir d'avoir pris rendez-vous avec ce monsieur.

– Quelqu'un l'aura fait pour vous. Auriez-vous la bonté de vérifier votre agenda ?

– Il est à la discrétion de ma seule secrétaire et demeure confidentiel aussi longtemps que vous n'avez pas de mandat...

– Auriez-vous l'obligeance de répondre à quelques questions de pure routine ?

Aviathan posa doucement ses deux mains à plat devant lui, doigts écartés :

– Vous êtes nouveau dans ce quartier, lieutenant ?

– J'ai été muté récemment en effet.

– Avant, vous deviez croupir dans l'un de ces ghettos infâmes du nord de la ville, non ? Le territoire des bandes les plus redoutables, où se côtoie la lie de notre société pourrissante...

– Vous semblez très perspicace, monsieur Aviathan. Savez-vous lire dans les pensées ?

– Vous sentez encore la fange, lieutenant. Mais sachez qu'ici, nous ne sommes pas dans le Bronx. On ne s'introduit pas chez les gens avec cet air de suspicion et on évite de les ennuyer avec des histoires qui ne les concernent en rien. Pure bienséance, comprenez-vous ?

Single eut beaucoup de mal à tempérer la colère qui montait en lui. Il feignit un sourire embarrassé, accompagné d'un geste d'apaisement.

– Ne le prenez pas mal. Je fais mon job... Je suppose qu'il vous serait facile de téléphoner à mes supérieurs afin qu'ils m'apprennent les bonnes manières, c'est ça ?

– En effet et même...

Aviathan s'interrompit et fixa soudain son interlocuteur d'un regard pénétrant. Il mit son ordinateur en veille et passant sa main devant un rayon infrarouge, commanda la fermeture des stores. Succédant à la lumière du jour, un éclairage opalescent irisa la pièce de manière très étudiée. Des ombres jouèrent sur le visage d'Aviathan au point de le rendre quasiment méconnaissable. Single ne put s'empêcher de jeter un coup d'œil vers la sortie.

L'informaticien laissa échapper un petit rire :

– Réellement, le piège est un peu gros, vous ne croyez pas ?

– Le piège ? De quoi parlez-vous ? Je mène une enquête et...

– Voyons, Bilbo ! Vous permettez que je vous appelle Bilbo ? Je crois que vos collègues aiment bien ce sobriquet. Dans quel guêpier vous a-t-on fourré ? Manifestement, cette idée de me rendre visite n'est pas la vôtre. Je devine l'ombre de quelqu'un derrière vous. Qu'importe. Vous avez un travail que vous aimez, des perspectives d'avancement... Vous jouissez de la douceur d'un foyer, de la tendresse d'une épouse affectueuse et de deux enfants ? Des jumeaux, je crois ?

Single eut peine à maîtriser le choc que cette dernière précision lui causa. Comment cet homme pouvait-il connaître tant de détails sur sa vie privée ? Cinq minutes auparavant, il ignorait jusqu'à son existence.

– Ce serait trop bête qu'il leur arrive quelque chose, poursuivit Aviathan. New York est une ville si dangereuse. Je n'aurais qu'un signe à faire... je dis bien un seul signe, pour qu'à l'instant, mon servant pénètre chez vous et commette un crime effrayant que l'on attribuera demain à un rôdeur… Non, je crois que vous n'avez pas mesuré les risques en acceptant cette délicate mission. Pensiez-vous sérieusement que la lecture d'un ou deux traités de magie disponibles dans le commerce – et volontairement truffés d'inexactitudes – vous serait une arme suffisante pour venir me défier ?

Piqué au vif, le policier ne contint pas davantage sa colère.

– Vous êtes en train de menacer un officier de police !

– Bilbo, mon nom ne figure assurément pas sur les tablettes de Desmond Wayne. Je l'en ai effacé. Comme j'ai effacé le souvenir de ma visite dans l'esprit de sa secrétaire et de tous les témoins qui auraient pu m'apercevoir ce jour-là. Y compris des caméras vidéo.

La bouche sèche, Single demeura coi.

– Vous… vous avouez le meurtre de Desmond Wayne ? Je… Vous êtes en état d'arrestation.

Aviathan se renfonça dans son fauteuil, hilare.

– Vous êtes trop impétueux, lieutenant. Et terriblement irréfléchi ! Si je me permets de vous révéler une telle chose, c'est que je m'assurerai, en vous laissant sortir d'ici, que vous n'avez absolument aucun souvenir de notre conversation. Vous vous demanderez même la raison de votre démarche. Il m'est loisible non seulement de lire dans vos pensées, mais encore d'en contrôler le cours, de déchiffrer ce qui se niche au plus profond de votre mémoire. Je me suis fait une spécialité des mémoires...

Single dégaina rapidement le calibre 38 spécial qu'il avait glissé sous son bras gauche et le braqua à deux mains sur son interlocuteur.

– Pas un geste. Vous êtes en état d'arrestation.

Aviathan hocha la tête.

– Vous êtes un clown ! Dans quel but vous a-t-on envoyé à moi je l'ignore. Qui vous manipule, Single ? Il serait si simple de m'avouer son nom...

Le policier sentit un tremblement remonter le long de ses bras, un froid engourdir ses épaules et sa nuque. Une sueur malsaine dégoulina sur son front. Malgré ses efforts de concentration, il regarda avec effroi son revolver lui glisser des mains et tomber sans bruit sur la moquette. Il eut l'impression que le bureau tout entier basculait. Aviathan se pencha vers lui et il n'y avait plus trace du moindre sourire sur ses lèvres.

– Son nom, Single... Son nom...

Comme Ebenezer Graymes émergeait dans Banks Street, un long taxi noir déboucha soudain de derrière un entrepôt et pila devant lui.

– Perdu, monsieur ? lança le chauffeur en touchant le bord de sa casquette grise.

– J'en ai bien l'impression ! répondit l'occultiste. Je cherche le 1222...

Le chauffeur sourit d'un air malicieux. Graymes nota son léger strabisme.

– Je connais. C'est à deux pas. Montez, pas la peine de vous attarder dans un coin aussi mal famé. Pour vous, la course sera gratuite.

– Je vous suis infiniment reconnaissant.

Graymes prit place sur la banquette arrière et la voiture redémarra aussitôt. Tandis qu'ils roulaient à vive allure dans la clarté délavée des réverbères, le chauffeur crut bon faire la conversation.

– Heureusement que la pluie a cessé. Autrement, on aurait fini par se voir pousser des nageoires...

Graymes abaissa le rebord de son feutre sur son front, conservant le mutisme le plus total.

– Est-ce que ça vous dérange si je mets la radio ? Il y a un match de base-ball. Vous aimez le base-ball, monsieur ?

– Non.

– Décidément, depuis quelque temps, je n'arrive pas à charger un seul client qui aime le base-ball. Remarquez, comme je dis, chacun ses goûts. Je crois que nous y sommes…

Au détour du quai, Graymes avisa la demeure bâtie sur pilotis que léchaient les eaux visqueuses de l'Hudson. Le taxi s'arrêta à l'extrémité d'un wharf bancal. Comme Graymes faisait mine de ne pas bouger, le chauffeur se sentit obligé de descendre pour lui ouvrir la portière. Il fut surpris de ne trouver personne sur la banquette. Il se redressait, en se grattant le front, lorsque Graymes bondit dans son dos, le saisit par la nuque et lui aplatit la figure sur le capot. Celle-ci se déforma en un rictus terrifiant, comme si elle était de caoutchouc fondu. Le chauffeur tendit ses mains brusquement démesurées pour tenter de repousser son adversaire. La bave dégoulinait de sa lippe grimaçante. Mais Graymes le maintenait solidement. Tirant un long poignard, il fit miroiter sa lame devant ses yeux. Le démon poussa une plainte abyssale, dont aucune voix humaine n'aurait été capable.

– Je vois que tu reconnais cela... murmura Graymes aux protubérances qui tenaient lieu d'oreilles au démon. Les tiens la surnomment « la terreur des Banshees » je crois ? ... Forgée dans l'argent le plus pur par les artisans elfes à partir d'un fragment d'étoile. Si je t'écorche...

Le sénéchal s'efforça de résister mais l'occultiste resserra encore sa prise.

– Laisse-moi, saleté de magicien, glapit-il. Laisse-moi !

– Non pas, mon bel ami ! Dis-moi comment tu t'appelles...

– Jamais. Si je te le révélais, tu serais mon nouveau maître.

– Crois-tu que je l'ignore ? Je veux seulement que tu le prononces...

– Que les vers te dévorent ! Qu'ils pondent leurs larves dans ton... !

Graymes fronça les sourcils d'un air consterné.

– Tu manques totalement d'éducation.

Il approcha son poignard plus près encore. Le démon parut se liquéfier.

– Tu ne ferais pas une chose pareille ? couina-t-il.

– Soumets-toi.

La créature se tortilla, secoua la tête,

poussa un rugissement avant que de bafouiller d'une voix éteinte :

– Je suis... Esgoth.

– Esgoth, créature des abîmes, je te commande désormais, moi, Ebenezer Graymes. Par ton nom et tes actes, par l'Enfer et ses pestilences, renie à l'instant ton ancien maître et sers-moi selon les rites.

– Je t'appartiens, rumina l'être. Ordonne et j'obéirai.

– Pacte nous lie. Si tu me trompais, tu connais la sentence...

– Je la connais, Maître...

– Voici ce que j'attends de toi...

Lenard Aviathan poussa un cri bref et relâcha son emprise. Il se précipita à son bureau et pianota fiévreusement sur son ordinateur. Il laissa échapper un juron dans une langue inconnue. Il était trop tard. Quelqu'un avait forcé les protections de la maison. Il considéra le policier évanoui sur le fauteuil, comprenant soudain... Une manœuvre de diversion. Une simple manœuvre de diversion... Au fond, peu importait.

– Graymes, puisque tu as voulu entrer dans le jeu, nous allons jouer...

Le désert de cendres s'étendait à l'infini. Un vent torride peignait ses dunes molles. D'étranges oiseaux reptiliens flottaient dans le ciel gris. Graymes imagina qu'il n'était qu'un grain de sable plus sombre que les autres, perdu dans cette immensité terrifiante qui défiait la raison.

Il avait cessé de marcher.

Il s'était assis au sommet d'un monticule de scories, ses deux mains reposaient sur ses genoux, paumes vers le haut, doigts serrés. Son menton touchait sa poitrine. Ses yeux mi-clos n'étaient que deux fentes incandescentes. Il paraissait assoupi.

Paraissait seulement.

Des signes cabalistiques qu'il avait tracés devant lui avec une infinie patience sur le sol mouvant, certains s'étaient effacés, d'autres avaient été pervertis par des forces contraires. Mais pas tous. Pas ceux qu'il avait chargés de son pouvoir et habilement masqués par des leurres. Graymes était un maître dans l'art des leurres, ces combinaisons creuses, ces coquilles vides, qui ne révélaient leur inutilité qu'une fois brisées. Il avait longuement hésité avant de mettre en œuvre la Position de la Forteresse. C'était un recours dangereux s'il était mal maîtrisé, que seul pouvait se permettre un

Initié de haut rang. Mais les circonstances l'imposaient.

Gagner du temps. Observer, tester, déceler la faille.

Cela durait depuis des heures, au cœur de ce désert imaginaire. Graymes sentit l'air trembler et il n'en fut guère surpris. Il ouvrit les yeux. La silhouette brumeuse et voûtée de John Neery se matérialisa en face de lui, comme il l'avait prévu. Et la voix, la voix qu'il connaissait si bien, emplit son esprit.

– Ebenezer... Ton orgueil fait le jeu de l'Ennemi.

– Je sais, Maître.

– Quelle inconscience ! Pourquoi tenter l'impossible ? A-t-on jamais vu bête prise au piège devenir bourreau de son chasseur ? Ne te méprends pas. Tu es prisonnier autant que les autres. Aviathan dispose d'un pouvoir supérieur.

– Le geôlier n'est pas moins prisonnier que ceux qu'il garde. Là réside sa faiblesse. Aviathan devra venir dans son propre jeu. Je l'attends.

– Il saura se tenir hors d'atteinte.

– Jusqu'à présent, il a imposé ses visions. À mon tour de lui imposer les miennes.

– Tu ne seras pas de taille.

Un sourire féroce se peignit sur les lèvres de Graymes.

– Non... Toi, Aviathan, qui as trouvé le reflet de mon maître dans ma mémoire, toi, tu ne seras pas de taille le moment venu.

À peine avait-il achevé sa phrase que l'image de Neery s'estompa pour laisser place à une forme ondoyante.

– Tu ne gagneras pas, Graymes. Je suis le maître du jeu et bientôt le maître des Fenêtres. Mais je serai bon prince. Je te tuerai en dernier. Très lentement.

La forme éclata comme une bulle.

Et le désert disparut.

QUERELLE DE MAGICIENS

Les Veilleurs marchaient depuis des heures, aveuglés par les bourrasques et gagnés par l'épuisement, lorsqu'ils débouchèrent entre deux rangées de colonnes massives, vestiges d'un temple antique. Jade fut moins impressionnée par ce nouveau mirage que par l'expression de terreur qui se lisait sur le visage de Danjhal.

– Il ne faut pas entrer, murmura-t-il.

– Facile à dire ! Il n'y a pas d'autre endroit où nous abriter.

Jade saisit le bras de l'Indien.

– Nous n'avons pas le choix. Nous sommes tous à bout.

– Je ne peux pas, s'écria le magicien. Je ne peux pas ! Ce temple... est... le pire endroit que je connaisse. Les bonzes eux-mêmes l'évitent.

– Est-ce à dire que cette nouvelle épreuve

nous vient d'une de tes expériences personnelles ? lança Wellerba, ulcéré.

– C'était il y a longtemps, se souvint Danjhal. J'étais un novice. Mes maîtres m'avaient mis en garde contre le danger qu'il y avait à pénétrer dans ce sanctuaire. Bien sûr, je n'ai pas voulu les écouter. J'ai désobéi, pour prouver que je n'étais pas de ceux qui se laissent intimider par des racontars. On m'a retrouvé trois jours plus tard, errant dans les collines à demi fou. J'ai passé des mois à me remettre de cette expérience. Je n'ai conservé aucun souvenir de ce que j'y ai vécu. Et je ne veux pas revivre ça.

Jade commençait à comprendre la logique de leur geôlier.

– Quel qu'il soit, celui qui nous retient ici est habile. Endurer ensemble le cauchemar d'un seul ne tardera plus à nous monter les uns contre les autres. L'épuisement aidant, nous finirons par nous entre-tuer. Je crois que c'est ce qu'il recherche. Il faut faire front. Si nous restons soudés, la tâche lui sera moins facile.

– Ou la mort plus lente, constata Wellerba, cynique. Il n'a qu'à puiser en nous comme dans un coffre d'images jusqu'à ce que nous sombrions dans la folie. J'aimerais découvrir son cauchemar à lui...

Comme ils franchissaient l'arcade, ils éprouvèrent une chaleur réconfortante. L'air était moite, chargé de relents indéfinissables. Devant leurs pas, l'allée ouvrait sur une perspective bornée par un autel de taille démesurée. Jade frissonna, devinant quels sombres sacrifices il avait dû accueillir en des temps reculés. Elle scruta les environs avec défiance. Depuis un moment, elle n'était plus obsédée que par une pensée. Ne pas mourir la dernière.

Dans l'ombre d'un pilastre, une vasque laissait chuinter un filet d'eau. Après un temps d'hésitation, les hommes s'en approchèrent et osèrent s'abreuver. Jade ne les imita pas, lorgnant toujours autour d'elle. Elle avait le sentiment d'être observée.

– Regardez...

Wellerba désignait le fond de la vasque. Gravée dans la pierre, une inscription venait d'apparaître en lettres de feu.

Plongez vos insignes et vous aurez la vie sauve.

Les fugitifs se dévisagèrent. Wellerba essuya une goutte de sueur sur son front.

– Il dit peut-être vrai... Nous pourrions passer un marché.

– Quel marché ? lui rétorqua sèchement Jade. Abandonner les Fenêtres aux mains d'un fou furieux ?

– Mais enfin rendez-vous à l'évidence ! Nul ne viendra nous sauver.

Jade le toisa avec dégoût.

– Je ne crains pas la mort. S'il veut mon insigne, il devra me l'arracher.

– Elle a raison, appuya Stolley. Pourquoi ne pas en finir ?

– Parce que l'insigne doit être remis avec notre libre consentement, répliqua Jade, sinon il se désagrège. Voilà la raison de cette mise en scène. Il attend que nous y renoncions de notre plein gré.

– Allez au diable !

Arrachant le talisman de son cou, Wellerba le laissa tomber dans la vasque. Un bouillonnement se produisit, et il disparut. Le gros magicien tourna sur lui-même, les bras levés.

– Eh bien ? J'ai obéi ! Rendez-moi la liberté ! Je vous en conjure ! J'abdique tous mes pouvoirs ! Je rends ma charge !

Une multitude de murmures s'élevèrent soudain dans le silence.

Wellerba abaissa les bras, saisi par l'angoisse.

– Vous entendez ? Qu'est-ce que c'est ?

Jade leva lentement les yeux. Quelque chose s'agitait au-dessus de leurs têtes, noyé dans l'obscurité du ciel.

– À terre ! cria Danjahl.

Jade n'eut que le temps de se jeter sous la vasque, imitée par Stolley. Des formes spectrales, plus noires que la nuit, passèrent comme des flèches, les frôlant de leurs ailes membraneuses.

– Ne les regardez pas ! ordonna Danjahl. Wellerba ! À terre !

Mais leur compagnon, transi d'effroi, demeurait debout à découvert, implorant d'une voix déformée par la terreur :

– J'ai obéi ! J'ai rendu l'insigne ! Sauvez-moi !

Un ectoplasme fondit sur lui, le saisit entre ses puissantes serres et l'emporta dans les hauteurs aussi aisément qu'un fétu de paille. Un hurlement bref résonna et ce fut tout. Jade étouffa son cri dans sa main et serra machinalement son insigne contre elle. À ses côtés, Danjahl fit mine de sortir de son abri. Elle n'eut que le temps de le plaquer au sol.

– On ne peut plus rien pour lui. Ces êtres sont réels. Du moins pour nous.

Les terribles spectres bruissaient autour d'eux tel un essaim de mouettes folles, lorsqu'au paroxysme de ce ballet ensorcelé ils s'égaillèrent soudain aux quatre vents. Stupéfaite, Jade leva les yeux. Juchée sur l'autel, une haute silhouette maigre dressait son bras en un geste d'impérieux commandement. Sa voix entonna une conjuration si puissante que le sol en fut ébranlé. Les ectoplasmes s'enroulèrent un instant autour de lui tel un tourbillon vivant puis, comme soufflés par un courant d'air, furent aspirés dans les hauteurs.

Un éclair cisailla le ciel et les ruines néfastes disparurent.

Une plage de sable doré s'étendit jusqu'à l'infini, baignée par la lumière douce d'un astre invisible. Une lagune brumeuse plongeait vers un horizon apaisé. En un clin d'œil, Jade bondit sur ses pieds et s'élança vers le nouveau venu.

– Ben !

Graymes s'efforçait d'apaiser sa respiration haletante. Sous l'effort mental qu'il venait de consentir, sa figure s'était encore creusée, des veines saillaient sur ses tempes. Quand ses yeux dilatés se posèrent sur la jeune femme, un léger sourire ombra ses lèvres.

– Toujours en vie ?

– Encore pour un certain temps, répondit la magicienne d'un ton résolu.

Danjahl et Stolley le considéraient avec stupeur tandis qu'il reprenait progressivement son état normal.

– Graymes ? Comment êtes-vous parvenu

jusqu'ici ? Il vous a pris au piège, vous aussi ?

– Pas exactement. Je m'y suis enfermé moi-même. Vous connaissez un certain Lenard Aviathan ?

Jade hocha la tête.

– Pour notre malheur.

– Nous nous doutions qu'il s'agissait de lui, soupira Stolley. Le Haut Conseil a refusé de l'introniser comme Veilleur voici quelque temps. Il n'était pas assez fiable. Vous avez commis une belle erreur en entrant ici. Vous nous auriez été plus utile au dehors.

– Je ne crois pas.

Jade considéra les environs avec étonnement :

– Quel est cet endroit ? Il ne ressemble pas aux autres.

– Je n'ai jamais été doué pour ce genre de tour, répondit Graymes. Je souffre d'un cruel manque d'imagination.

– Comment ? réalisa Jade. Tu as réussi à imposer ta vision contre la sienne ? Tu as modifié son labyrinthe ?

– J'ai seulement créé une interférence provisoire. Je ne pourrai recommencer de sitôt… ou j'y laisserai la raison. Nous ne sommes pas tirés d'embarras.

– Comment avez-vous fait ? Notre magie est inopérante depuis notre arrivée...

Graymes huma l'air à la façon d'un animal.

– Votre magie, Veilleurs. Pas la mienne... Reprenez des forces. Dormez. Je monterai la garde. Aviathan ne tardera pas à retourner la situation. Il n'est pas loin, je le sens.

– Que voulez-vous dire ?

– La dernière manche est en train de se jouer.

Obéissant à son conseil, les deux hommes s'étendirent sur le sable. Jade et Graymes se retirèrent à l'écart.

– Je pensais te rendre visite sitôt ce rendez-vous achevé.

– Je sais.

– Tristes retrouvailles... Aviathan possède déjà deux des insignes. Il espère ainsi prendre le contrôle des Fenêtres une par une. Et je ne vois guère ce qui l'en empêcherait. Nous sommes à bout. Le Haut Conseil doit forcément être au courant. Le Registre des Puissances a bougé, c'est sûr, et...

– Non. Rien n'a bougé. Et personne n'est au courant de ce qui se passe. À part moi. Nous sommes hors du monde, ici. Et Aviathan est de première force dans l'art du factice. Quand on s'apercevra de ses agissements, il sera trop tard. Tu es plus belle encore que lors de notre première rencontre...

Jade soupira :

– Tu crois l'endroit très indiqué pour ce genre de compliment ?

– L'endroit, non. Mais le moment, sûrement.

– Pourquoi avoir disparu un beau jour, et ne plus m'avoir donné signe de vie ?

– Je n'avais plus rien à t'enseigner. Tu devais voler de tes propres ailes.

– Non, c'est bien autre chose, je crois...

– Tu sais quelle existence je mène. Sans repos, sans loisir, sans paix... Je ne peux la mener que seul. Ce serait trop difficile autrement.

Jade s'étendit sur le sable, un bras replié sur son front :

– Sors-nous d'ici.

– Il existe une chance infime.

Il s'agenouilla près d'elle, exécuta une passe à son insu au-dessus de ses yeux... Une seconde plus tard, elle sombrait dans un profond sommeil. Il demeura à ses côtés, charmé par sa beauté.

– À mon tour de veiller.

– Tu m'as trahi...

Se penchant du haut de son trône, Aviathan considéra Myra prostrée à ses pieds.

– Tu m'as trahi et tu m'as menti... reprit-il.

La sorcière sentit une force invisible peser sur ses épaules. Elle fut brutalement plaquée au sol, les bras en croix.

– C'est faux ! gémit-elle.

– Tu m'as dit t'être débarrassée d'Ebenezer Graymes. Or il est ici ! Il a réussi à pénétrer dans la maison... Qui d'autre a pu lui révéler l'endroit, sinon toi ?

– Goffon ! C'est ce scélérat de Goffon...

– Tu mens. Je lis en toi. Tu t'es laissé piéger.

– Pas moi, mais ton servant, Esgoth, qui devait conduire les Veilleurs jusqu'ici et empêcher les intrus. Ah, tu me fais mal !

– Esgoth a accompli son devoir. Pas toi.

– Qu'en sais-tu ? Il est introuvable !

– Tu critiques Esgoth pour détourner l'attention. Tu as échoué. Graymes t'a possédée. Il savait parfaitement ce qu'il faisait en venant à toi et il t'a sciemment provoquée. À présent, il se trouve à l'intérieur de mon royaume ! Et le comble, il a mis en œuvre sa propre magie. Il a adopté la Position de la Forteresse. Contre moi ! À son tour, il peut être le contenu et le contenant, modifier mes propres visions…

Myra eut la force de railler :

– Aurait-il modifié ton rêve ? Alors c'est ton pouvoir qui a failli et non moi. Toi et tes maudits ordinateurs ! Ils ne sont pas fiables pour une œuvre de magie, je te l'avais bien dit. Mais tu ne m'as pas écoutée.

– Tu ne sais rien. Tu n'es qu'une pitoyable cartomancienne !

– Graymes desserre ton emprise. Lentement. Je le sens.

– Je sais ce qu'il veut. Il cherche à m'attirer dans le jeu. Pour me combattre à l'intérieur. Rusé est-il, le digne élève de John Neery ! Mais je vais lui donner satisfaction. Quant à toi…

Le terrible regard d'Aviathan s'abaissa sur la sorcière.

– Non ! s'écria-t-elle.

Il pointa vers elle un ongle démesuré. Saisie d'effroi, Myra tenta de battre en retraite, mais elle était incapable de remuer un cil.

– Mes maudits ordinateurs ? ricana Aviathan. Tu vas connaître la peur qu'ils peuvent inspirer.

L'ongle effleura son épaule dénudée…

Graymes se tourna lentement vers le nord. Un nuage sombre grandissait à l'extrémité de la plage. Indistinct, tout d'abord, telle une ligne noire et mouvante, il s'éleva dans les airs jusqu'à prendre l'aspect d'un impressionnant cyclone. Un vent déchaîné se leva, entraînant des nuées de sable. Dans ses entrailles hurlantes, deux yeux rouges se dessinèrent et une voix puissante tonna :

– Tu as eu tort de me défier, Graymes. Tu n'es pas assez fort pour m'imposer tes visions. Puisque tu l'as voulu, il est temps pour toi de comprendre ton erreur...

La colonne noire cessa de tourner progressivement jusqu'à se figer dans l'apparence d'une haute tour ténébreuse. Jade et ses compagnons éprouvèrent la déplaisante sensation d'avoir rapetissé, face à l'architecture titanesque dont le sommet se noyait dans la brume.

Seul Graymes osa un ricanement.

– Bienvenue dans le jeu, Aviathan !

RAYON DE LUNE

Graymes abaissa son regard pénétrant sur Jade.

– Le moment de vérité. Accompagne-moi.

– C'est un traquenard...

– Ou la seule issue...

– Nous venons avec vous.

Graymes toisa Danjhal et Stolley avec dédain.

– Pas vous. Vos pauvres pouvoirs ne me seraient d'aucun secours. Elle seule.

Il considéra de nouveau la tour. La vision était trop puissante pour qu'il pût la modifier en quoi que ce soit. Il avança d'un pas mesuré à travers les nuées de sable fossilisées, Jade à ses côtés.

– On ne trouvera jamais l'entrée d'une telle...

Elle chercha en vain à qualifier la monstrueuse architecture.

– Forcément droit devant nous, répondit Graymes. Le but d'Aviathan est de nous attirer. Non de nous égarer.

– Selon moi, il utilise des ordinateurs. Par quelque procédé il recrée nos souvenirs ou nos phobies les plus intimes en trois dimensions.

– C'est aussi mon avis. Nous évoluons dans un espace virtuel qui échappe à tout contrôle. Les choses que nous voyons ou entendons sont le fruit d'un programme élaboré avec la magie noire.

À leur approche, un portail massif hérissé de pointes s'entrouvrit sans un bruit. Le couple s'engagea dans un vaste hall que trouaient ici et là des puits de magma bouillonnant. Des galeries ombreuses s'échappaient dans une multitude de directions. Un escalier démesuré vrillait les hauteurs. Graymes s'arrêta soudain.

– Qu'as-tu ? s'inquiéta Jade.

– Une présence… là !

Au pied des marches gisait une forme humaine roulée en boule. Jade s'approcha avec précaution. Malgré sa vigilance, Myra ne lui laissa pas le temps de réagir. Bondissant sur ses pieds, elle la ceintura, plaquant une main sur sa gorge. Elle fit face au démonologue.

– Un pas de plus et je lui brise le cou !

– Tu as tort de menacer.

– Tout est de ta faute ! Il m'a rejetée, moi ! Moi qui lui ai tout offert, qui lui ai ouvert un royaume.

– Tu te flattes...

– Je vais tuer cette fille.

Graymes ricana.

– À ta guise ! Mais si j'étais toi, je songerais plutôt à me venger d'un maître aussi ingrat. Dis-moi où je puis le trouver. Et de quelle manière le vaincre...

Myra renversa sa tête en arrière, laissant éclater un rire nerveux.

– Toi ? Le vaincre ? Tu ne connais pas sa force. Ici, il est le maître. Il peut changer d'apparence à volonté, modifier cet environnement en un clin d'œil. Sa magie est puissante. Invulnérable...

– Aucune magie n'est invulnérable.

Myra cracha comme un chat sauvage.

– Tu te vantes, comme toujours.

– Tu devrais te souvenir que je t'ai laissé la vie sauve quand tu étais en mon pouvoir. J'avais pourtant des raisons d'agir moins civilement. Tandis qu'Aviathan, pour seule récompense, t'a jetée dans son sinistre labyrinthe. Relâche cette femme. Il ne te servira à rien de...

Jade, qui jusqu'alors n'avait pas esquissé le moindre geste, balança soudain son coude dans les côtes de la sorcière et, pivotant d'un quart de tour, lui envoya un solide direct en pleine mâchoire. Myra s'effondra avec un couinement. Graymes dévisagea sa jeune compagne avec stupeur.

– Trop de bavardages... trancha-t-elle.

– Elle aurait pu nous fournir de précieux indices...

– Pfff... elle ne savait rien. Une mégère...

Elle enjamba la sorcière inconsciente et gravit l'escalier. Graymes la devança et lui barra le passage.

– Pas plus loin.

– Pourquoi ?

Il lança un coup d'œil explicite en haut des marches.

– Je dois y aller seul.

Jade suivit son regard, puis dévisagea son compagnon avec inquiétude.

– La dernière fois que tu m'as dit ça, tu n'es pas revenu...

– Écoute. Si tu entrevois une faille, serait-ce une fraction de seconde, prends ta chance et ne songe à rien d'autre... Quitte cette maison.

– Et toi ?

– Nous nous retrouverons dehors. Ou ailleurs.

Il l'embrassa sur le coin des lèvres, avant de se détourner.

Au sommet de l'escalier, Graymes considéra la galerie suintante d'humidité qui s'enfonçait dans les ténèbres. Il poussa un soupir de résignation. Il percevait le danger par tous les pores de sa peau. Cependant, il longea la paroi charbonneuse, s'efforçant de calmer son inquiétude. Inutile de songer à retourner sur ses pas. D'ores et déjà, il savait que Jade avait été projetée loin de lui. Il était seul face à ses propres démons.

À mesure qu'il avançait, une curieuse sensation de « déjà vu » se fit jour en lui. Quand il se heurta à un rideau de végétation qui masquait la sortie, il comprit... Mais il était trop tard. Aveuglé par des dizaines de torches, il se sentit soudain happé par une multitude de mains. Il eut beau résister de toutes ses forces, la foule était trop dense. Poussé dans la cohue, il n'eut que le temps de protéger son visage. Des coups pleuvaient de partout. Il aperçut au passage des hommes le menacer du poing, des commères lui cracher au visage.

– C'est lui !

– Attachez-le ! C'est le sorcier !

Ressurgie de la nuit des temps, cette scène de cauchemar fit naître en lui une terreur sans nom. Il savait que c'était impossible, que tout n'était qu'illusion. Pourtant, cela semblait si réel... Quand une pierre l'atteignit au visage, il éprouva la brûlure et la chaleur du sang sur sa joue. Il gronda comme un animal.

– Braille ! Braille ! Tu n'es qu'un diable !

– Tenez-le ! vociféraient des femmes. Tenez-le bien, qu'il ne s'échappe pas !

– Au supplice !

– Poussez-le dans la cage !

– S'il se noie, c'est qu'il était sorcier !

Saisi d'épouvante, Graymes s'arc-bouta de toutes ses forces mais il fut soulevé de terre et conduit vers l'extrémité du précipice. En bas, si loin, grondaient des eaux bouillonnantes. La cage de jonc tressé se balançait doucement au-dessus des rapides. Graymes lorgna les gerbes d'écume qui venaient lécher les rochers noirs. Il s'entendit supplier, mais le tumulte du torrent couvrit sa voix. On le poussa dans la cage dont on cadenassa la porte. Les poulies grincèrent, les cordes se tendirent. Graymes s'accrocha aux barreaux en hurlant.

La cage descendit à une vitesse folle. Les embruns pénétraient ses yeux et ses narines. Il crut suffoquer. Dans un éclair, il aperçut la foule penchée au bord de la falaise, tout là-haut. Il se jura de revenir les écorcher vifs, un par un.

Puis l'eau glacée dissipa son rêve de vengeance.

Il sut que la partie était jouée...

– Tu m'avais caché cela, murmura une voix. Tu es plus fin joueur que je ne pensais.

Sous le ton moqueur, Graymes perçut le tremblement né de la peur. Il entrouvrit les yeux. Les falaises, la foule, l'odieuse cage s'étaient évanouies dans les limbes nauséabonds de sa mémoire. Il aperçut un faciès rouge et cornu penché au-dessus du sien. Un souffle méphitique balayait son visage. Une représentation presque naïve de Lucifer, songea-t-il, piochée dans quelque grimoire ancien.

– Combien de fois es-tu déjà mort, Ebenezer Graymes ? susurra l'entité. Combien de fois as-tu emprunté le passage glacé, dis-moi ? Ton sang n'est plus rouge, mais pauvre et froid. Empoisonné par tes mille méfaits. Tes souvenirs ne forment qu'un cloaque immonde où j'ai manqué m'enliser. Pouah... Je sais tout de toi, Ebenezer Graymes... Ou préfères-tu que je chante tes autres noms ? Ceux que te donnent les habitants du Dehors, qui rampent sous tes ordres ? Ah, cette nuit où ces imbéciles superstitieux s'emparèrent de toi pour te soumettre au supplice de l'eau ! Serait-ce la raison pour laquelle tu es incapable d'entrer dans un ascenseur ?

Graymes s'ébroua. Des images folles traversaient son esprit tels des météores aveuglants. Les cauchemars du passé défilèrent devant ses yeux en une seconde... Mille souffrances. Mille morts... Ne plus écouter. Ne plus penser. Fermer son esprit.

– Tu as eu tort de visiter mon esprit, Aviathan, lança-t-il. Même pour toi, ce voyage n'est pas sans conséquences...

Aviathan le retourna avec la pointe de sa botte et le contempla avec mépris qui gisait au pied de son trône mouvant.

– Tu as failli emprisonner ma raison. Mais j'ai déjoué ton plan. Pourquoi le sort des Fenêtres te préoccupe-t-il à ce point ? Pourquoi te dresser contre moi ? Que t'importe ? Quand je serai devenu le seul Veilleur, je laisserai Ceux du Dehors recouvrir le monde ! Un nouvel empire verra le jour dont toi et moi, nous deviendrons les dieux.

– Tu connais bien mal ceux que tu prétends invoquer, murmura Graymes.

– Tu crois ? Regarde par ici...

Il désigna une colonne de brume opaline. D'un geste, il en dissipa les volutes, laissant apparaître un Œil Infini enchâssé dans une structure de magma fumant.

– Je les observe souvent. Ils me respectent.

– Ils t'en donnent l'illusion, guettant l'instant de dévorer ton esprit.

L'effigie de Lucifer partit d'un éclat de rire et, s'agenouillant auprès de l'occultiste, l'obligea à le regarder en face.

– Pour qui me prends-tu ? Je suis un vrai magicien. Est-ce que je ne l'ai pas assez prouvé ?

– Sang de ténèbres ! Je te croyais génial. Mais tu es fou !

– Fou ? Regarde autour de toi... Personne avant moi n'avait réussi à dompter la puissance informatique et la plier au service de la magie ! Ce pouvoir insensé, inimaginable, échappe au contrôle du Haut Conseil lui-même... Et j'en suis le maître...

Graymes se redressa sur un coude, considéra la salle immense, aux plafonds si hauts qu'on les distinguait à peine, le trône mouvant... et les aigrettes bleues irradiant l'Œil Infini sur son socle de lave en fusion.

– Virtuel, laissa-t-il tomber avec mépris. Une illusion qui s'envolerait à la première panne d'électricité.

Aviathan le frappa.

– Tu ne sais rien. Tu ne comprends rien. L'électricité ? Cette machine fonctionne grâce à des générateurs surpuissants et autonomes. La magie traditionnelle est obsolète. Désormais, l'ordinateur et le satellite offrent des perspectives jamais imaginées auparavant. Un nouvel art, Graymes, dont je suis l'initiateur. Plus de formules, de goupillons, de ces vieilleries d'un autre âge ! Mais des algorithmes, des séquences, capables de créer une distorsion de l'espace-temps, de procéder à un enchantement ou une invocation. Nous sommes ici hors de vue. Hors du monde. Hors d'atteinte. Je n'en suis qu'au début. Je peux déjà étendre mon champ partout où je me déplace. Il tient dans une mallette. Desmond Wayne en a fait les frais. Bientôt, j'étendrai mon royaume hors de cette maison et les démons ramperont à mes pieds...

Un long trident acéré jaillit dans sa

main. Graymes considéra sa pose avec un sourire narquois.

– Ce déguisement est à pleurer.

– Mourir en rêve, c'est déjà mourir, à ce qu'on dit. Tu vas vérifier l'adage. Commandeur des Abîmes, tes longues vies s'achèvent ici.

Il allait frapper lorsque la lumière décrut soudain. Le halo de lumière bleue vacilla, crépita, puis s'éteignit. Aviathan leva les yeux, surpris. Quand il reporta de nouveau son attention sur son prisonnier, il constata avec stupeur que celui-ci s'était volatilisé. Gagné par un terrible pressentiment, il fit volte-face. Une longue silhouette blafarde se tenait dans l'embrasure d'une fenêtre absente l'instant d'avant, nimbée dans un rayon de pâle clarté. Aviathan cligna des yeux.

– Qu'est-ce que tu as fait ? Je peux sentir ton enchantement. Tu as encore modifié mon rêve ? C'est inutile. Quoi qu'il arrive, tu ne peux pas t'échapper. Tu es dans mon jeu…

Graymes abaissa sur lui un regard étincelant.

– Tu te trompes. Je n'ai rien modifié.

Aviathan voulut brandir son trident, mais s'aperçut qu'il avait disparu. Il réalisa soudain qu'il avait recouvré son apparence normale, celle d'un homme d'affaires sanglé dans son impeccable costume gris. Il demeura bouche bée. Graymes s'écarta d'un pas, dévoilant la pleine lune auréolée de nuages qui baignait les flèches des gratte-ciel new-yorkais.

– Vois-tu Phébé ?

Aviathan partit d'un éclat de rire qui se termina par un couinement.

– Phébé ?

– L'Astre des Nuits... l'Astre Inconstant. La lune fait-elle partie de ton mirage ? De ton jeu ?

Aviathan se sentit glacé jusqu'aux os. Le trône avait disparu. La salle gigantesque avait cédé place aux contours ordinaires de l'atelier où il avait entassé son matériel informatique. Il se précipita vers les consoles, tritura les touches, mais les dispositifs s'étaient éteints. Aviathan se griffa le visage de dépit.

– Qu'as-tu fait ? Qu'as-tu fait de mon royaume ?

Sur un guéridon proche, Graymes avisa l'Œil Infini posé en évidence.

– On dirait que le carrosse s'est transformé en citrouille.

– Impossible. Impossible ! Le générateur est protégé par des charmes ! Mon servant Esgoth y veille !

Il se figea, parcouru d'un frisson d'épouvante.

– Esgoth ! Il n'aurait pas... Tu as corrompu Esgoth... Il t'a livré les formules. Et ton pouvoir...

Il se tourna vers le disque de la lune dont la lueur laiteuse avait maintenant tout envahi. N'écoutant que sa rage, il se rua sur le démonologue. Les deux hommes vacillèrent sur place, confrontant leurs forces respectives. Mais Graymes eut tôt fait de desserrer l'étreinte. Soulevant son adversaire, il le projeta sur la console qui se brisa sous son poids dans une gerbe d'étincelles. Sans lui laisser le temps de reprendre contenance, il le saisit par la cravate et le traîna jusque devant l'Œil Infini. Contenant ses mouvements désordonnés, il l'obligea à se pencher sur l'instrument et lui plaqua le visage sur les oculaires. D'abord Aviathan lutta désespérément puis, lentement, son corps se détendit. Ses mains tremblantes s'accrochèrent fébrilement aux molettes métalliques. L'occultiste relâcha son emprise.

– Bon voyage, mon ami. Tu es déjà mort pour le monde.

Il se tourna vivement. L'installation informatique avait pris feu. En un clin d'œil, l'incendie se propageait à travers la pièce, léchant les tôles boulonnées de la charpente. Graymes battit en retraite vers l'escalier. Sur le palier gagné par les flammes, il buta presque contre Jade étendue, à demi inconsciente. Myra avait dû la surprendre et s'enfuir. Il jeta un œil en bas. Une explosion sourde ébranla les fondations. Remontant des entrailles de la maison, un tourbillon de flammes l'effleura dangereusement, coupant toute retraite. Les générateurs n'avaient pas supporté la mise en panne brutale. En bas, il perçut des cris. À travers le rideau de fumée, il distingua Danjhal et Stolley qui, du seuil de la maison, lui adressaient de grands signes.

Impossible de passer.

Jetant Jade sur ses épaules, Graymes tourna les talons. Retraversant l'atelier où Aviathan poursuivait son voyage immobile, riant comme un fou, il se rua vers la fenêtre du fond. Sous son élan, la vitre explosa. La chute lui parut interminable, jusqu'au contact avec l'eau glacée de l'Hudson. Au même instant, la maison sur pilotis se désagrégea dans une boule de feu.

ÉPILOGUE

Le crépuscule tombait. Jade laissa pensivement courir ses doigts sur le torse lacéré de son compagnon. Griffes, crocs et lames de toutes sortes avaient nécrosé la peau en une foule d'endroits. Il n'était pas un carré de peau où ne se fussent inscrits les effrayants stigmates des affrontements qui avaient opposé Ebenezer Graymes aux puissances des ténèbres. Mû par une sorte de pudeur embarrassée, celui-ci se leva et boutonna sa chemise.

– J'aimerais savoir ce qu'il y avait derrière la porte... Je n'ai rien vu. Elle s'est refermée sur moi...

Graymes lança un regard distrait par la baie vitrée. La brume frileuse des petits matins noyait le port proche.

– Des souvenirs. De vieilles cicatrices. Viens. Ton taxi doit attendre.

– Un taxi ? Quand l'as-tu appelé ? Tu n'as même pas le téléphone !

– Pendant que tu dormais.

– Bientôt, ma charge de Veilleur prendra fin. Je serai de nouveau libre. Je pourrais revenir vivre ici, avec toi… Qu'en dis-tu ?

Il conserva le silence.

– Tu ne veux pas répondre ?

Il coula un regard empreint de tendresse en direction de la jeune femme, où se lisait pourtant son refus. Il avait aimé cette nuit, et celle d'avant. Mais déjà, son esprit se tournait ailleurs.

– C'est non, pas vrai ? soupira Jade.

– Tu ne devrais pas poser la question.

– Qu'est-ce que ça te rapporte ? Sais-tu ce qu'on dit de toi au Haut Conseil ?

– Je n'ai pas envie de l'entendre. Ce que je suis, il me faut le demeurer encore un certain temps. J'ai contracté trop de dettes. C'est ainsi.

Une ombre passa sur son visage. En un clin d'œil, il s'était vêtu : costume noir de coupe ancienne, ascot assorti. Il rejeta ses cheveux noirs en arrière, révélant des filaments gris sur ses tempes. Jade n'insista pas. Elle sut que l'heure de la séparation était arrivée et qu'elle ne pourrait la différer plus longtemps. Elle s'efforça de ne rien laisser paraître de sa tristesse et de son amertume.

– Pourquoi ne pas venir me rendre visite en Suède, un de ces jours ?

– Tu sais que je ne supporte pas les voyages. Et j'ai trop à faire pour quitter cette ville.

– Dommage.

Il jeta son macfarlane sombre sur ses épaules et planta son chapeau à larges bords sur un coin de son crâne, redevenant en un clin d'œil l'inquiétante silhouette du Commandeur, sentinelle des ténèbres, garant des pactes. Il raccompagna Jade jusqu'à la porte d'entrée. Ainsi qu'il l'avait annoncé, un taxi patientait le long du trottoir.

– Au revoir, Jade.

La jeune femme répondit d'un signe, avant de se glisser sur la banquette.

– Où allez-vous, ma petite dame ?

Elle reconnut aussitôt la voix doucereuse et aurait sûrement bondi hors du véhicule si penché à la portière, Graymes n'avait apaisé ses craintes.

– Esgoth est mon servant jusqu'à ce soir minuit. Après, je le laisserai retourner d'où il vient. Et quitter son apparence humaine.

– Certainement maître, lança le chauffeur.

Le véhicule démarra doucement et disparut à l'angle de la place.

Elen Single resta pétrifiée en considérant la haute silhouette du visiteur. À en juger par son accoutrement d'un autre âge, il n'avait rien d'un représentant.

– Que voulez-vous ? s'enquit-elle d'un ton hostile.

Graymes toucha le rebord de son chapeau.

– Bonsoir, madame. Je désire voir votre mari...

– Il ne peut recevoir personne. Il est souffrant. C'est une patrouille de police qui l'a récupéré. Il errait au hasard dans Manhattan. Il avait perdu la mémoire. Il avait oublié jusqu'à son adresse. Cela va mieux depuis. Mais il ne lui faut aucune émotion.

– Je sais. Je peux l'aider.

Elle le toisa avec méfiance.

– Vous êtes le professeur Graymes, n'est-ce pas ?

– Je vois qu'il vous a parlé de moi...

– Maman, c'est qui ?

Tim, l'un des jumeaux, venait de se glisser par l'entrebâillement de la porte pour satisfaire sa curiosité. Graymes abaissa sur lui un regard qu'il voulait bienveillant. Pris de peur, le garçon s'enfuit aussitôt. Elen finit par céder.

– Entendu, mais un instant seulement.

– Je vous remercie.

Quand il passa devant elle, Elen sentit son odeur particulière et douceâtre.

– Il est dans son bureau...

À son entrée, Single tourna vivement la tête. Sa figure avait changé. Ses traits s'étaient creusés, ses cheveux avaient blanchi sur ses tempes. Dans ses yeux rougis rampait une frayeur indicible. Il accusait dix ans de plus.

– Graymes ? Fichez le camp de chez moi...

– Je venais prendre de vos nouvelles.

– Je vais mal si vous voulez savoir, et par votre faute... J'ai failli y rester. Vous m'avez envoyé en première ligne, pas vrai ? Vous avez tenu à me donner une leçon ? Vous m'avez trouvé prétentieux avec mes livres de magie et tout le bazar...

Graymes fit mine de s'approcher.

– Ne me touchez pas ! Ce Lenard Aviathan est un monstre. Il peut lire dans votre esprit et vous jeter votre passé à la figure, jusqu'à vous rendre fou... Vous autres, sorciers n'êtes pas vraiment humains. Rien n'a d'importance, rien n'a de valeur, hormis vos satanés pactes, vos rituels d'un autre âge ! Nous autres, les simples mortels, que sommes-nous dans ce jeu, à part des pions ?

Il partit d'un rire nerveux. Graymes esquissa un geste d'impuissance.

– Aviathan est mort, annonça-t-il. Et je venais seulement vous remercier. Sans votre diversion, jamais je n'aurais pu m'introduire dans le jeu de notre adversaire. Il a suffi qu'il détourne son attention un petit instant... Les Veilleurs sont à nouveau libres. Par chance, ils ne sont pas restés assez longtemps séquestrés pour que les Fenêtres aient souffert de leur absence. Peut-être n'avez-vous pas conscience de ce qui était en jeu...

Single poussa un soupir et contempla par-delà son jardinet, le crépuscule qui noircissait les tours de Manhattan. Ses mains se crispèrent sur les accoudoirs de son siège :

– Mon Dieu... je ne veux plus penser à ça.

– D... D... Dieu ? ânonna Graymes, comme soudain frappé d'un trouble d'élocution.

Single le dévisagea avec un mélange d'effroi et de dégoût.

– Vous n'êtes même pas fichu de prononcer son nom.

– Sans doute parce qu'il a oublié le mien ?

– Vous savez, j'ai jeté ces maudits bouquins de magie au feu et promis à ma femme de ne plus m'occuper d'affaires ayant trait de près ou de loin à la sorcellerie. Je ne veux plus en entendre parler. L'expérience que je viens de vivre m'a appris un certain nombre de choses, comme le bonheur d'une existence ordinaire, toute simple, semblable à des millions d'autres. Désormais, comptez sur moi pour m'occuper de la routine. Exclusivement la routine.

Graymes acquiesça d'un air grave.

– Sage décision.

– Je parle sérieusement, vous savez.

– Je ne vous importunerai pas davantage. Vous n'entendrez plus parler de moi.

Il posa une main amicale sur son épaule. Sous le gant de cuir, Single perçut la légère griffure de ses ongles longs. Il se sentit envahi par une chaleur insolite, mais agréable.

– Mais vous savez où me trouver, souffla l'occultiste à son oreille. Le cas échéant.

– Vous semblez toujours tellement sûr de vos prédictions.

Graymes se dirigeait déjà vers la porte. Sur le seuil, il se tourna :

– Il est trop tard, Single. Vous avez contemplé l'interdit. Jamais vous n'effacerez ce que vous avez vu à travers l'Œil Infini. Cela vous poursuivra jusqu'à votre mort.

Refermant doucement la porte, le démonologue traversa le vestibule. Elen le rattrapa.

– Professeur, je vous en prie. Laissez-le. Ne cherchez plus à le revoir. J'ai failli le perdre...

Graymes la toisa d'un regard bienveillant.

– Sa commotion n'est que passagère. Dans quelques jours, vous verrez, il aura retrouvé son énergie. Votre vie reprendra un cours normal. Ou presque.

Comme il s'éloignait dans l'allée, Elen le rappela :

– Professeur Graymes ? Ne revenez plus chez nous. Jamais.

Il acquiesça imperceptiblement. Puis humant l'air nocturne, se confondit dans les ténèbres de son cauchemar...

L'AUTEUR

Michel Honaker est né en 1958 à Mont-de-Marsan dans les Landes. Très tôt, il consacre beaucoup d'efforts à détourner ses cahiers de classe du droit chemin en les truffant de textes ayant peu de rapports avec les équations ou la trigonométrie, auxquelles il vouera toujours une farouche aversion.
Avec un stylo oublié par un oncle vampire, il se lance dans le fantastique sulfureux et écrit une trentaine d'ouvrages consacrés au genre par des voies aussi détournées que le thriller ou la SF. À l'heure actuelle ce dangereux maniaque d'opéra et de musique classique est activement recherché pour détournement de lecteurs sages.

LE COMMANDEUR

LE CHANT DE LA REINE FROIDE
Michel Honaker.
Ebenezer Graymes résistera-t-il à la malédiction d'une reine venue des glaces polaires ?

MAGIE NOIRE DANS LE BRONX
Michel Honaker.
Témoins involontaires d'un meurtre, Chelsea et Zac sont poursuivis. Ebenezer Graymes les sauvera-t-il des créatures des ténèbres ?

LE GRAND MAÎTRE DES MÉMOIRES
Michel Honaker.
Aviathan rêve de devenir « le grand maître des cinq fenêtres ». C'est compter sans le Commandeur qui le défie dans son jeu virtuel.

LES MORSURES DU PASSÉ
Michel Honaker.
Ebenezer Graymes retrouve le « Tourmenteur », un démon qu'il convoquait jadis pour taquiner ses camarades de pensionnat. Mais aujourd'hui, l'œuvre du démon est meurtrière.

COLLECTION

Cascade

CASCADE POLICIER

AGATHE EN FLAGRANT DÉLIRE
Sarah Cohen-Scali.

À L'HEURE DES CHIENS
Évelyne Brisou-Pellen.

ALLÔ ! ICI LE TUEUR
Jay Bennett.

L'ASSASSIN CRÈVE L'ÉCRAN
Michel Grimaud.

L'ASSASSIN EST UN FANTÔME
François Charles.

BASKET BALLE
Guy Jimenes.

LE CADAVRE FAIT LE MORT
Boileau-Narcejac.

LE CHANT DE LA REINE FROIDE
Michel Honaker.

LE CHARTREUX DE PAM
Lorris Murail.

LE CHAUVE ÉTAIT DE MÈCHE
Roger Judenne.

COUP DE BLUES POUR DAN MARTIN
Lorris Murail.

COUPS DE THÉÂTRE
Christian Grenier.

DES CRIMES COMME CI COMME CHAT
Jean-Paul Nozière.

CROISIÈRE EN MEURTRE MAJEUR
Michel Honaker.

DANS LA GUEULE DU LOUP
Boileau-Narcejac.

LE DÉMON DE SAN MARCO
Michel Honaker.

LE DÉTECTIVE DE MINUIT
Jean Alessandrini.

DRAME DE CŒUR
Yves-Marie Clément.

DRÔLES DE VACANCES POUR L'INSPECTEUR
Michel Grimaud.

UNE ÉTRANGE DISPARITION
Boileau-Narcejac.

LE GRAND MAÎTRE DES MÉMOIRES
Michel Honaker.

HARLEM BLUES
Walter Dean Myers.

L'HÔTEL MAUDIT
Alain Surget.

L'IMPASSE DU CRIME
Jay Bennett.

COLLECTION

Cascade

CASCADE POLICIER

LE LABYRINTHE DES CAUCHEMARS
Jean Alessandrini.

MAGIE NOIRE DANS LE BRONX
Michel Honaker.

LA MALÉDICTION DE CHÉOPS
Jean Alessandrini.

MENSONGE MORTEL
Stéphane Daniel.

LES MORSURES DU PASSÉ
Michel Honaker.

LE MYSTÈRE CARLA
Gérard Moncomble.

NE TE RETOURNE PAS
Lois Duncan.

L'OMBRE DE LA PIEUVRE
Huguette Pérol.

OMBRES NOIRES POUR NOËL ROUGE
Sarah Cohen-Scali.

ON NE BADINE PAS AVEC LES TUEURS
Catherine Missonnier.

L'ORDINATUEUR
Christian Grenier.

PAS DE QUOI RIRE !
Jean Alessandrini.

PIÈGES ET SORTILÈGES
Catherine Missonnier.

POURSUITE FATALE
Andrew Taylor.

RÈGLEMENT DE COMPTES EN MORTE-SAISON
Michel Grimaud.

SIGNÉ VENDREDI 13
Paul Thiès.

LA SORCIÈRE DE MIDI
Michel Honaker.

SOUVIENS-TOI DE TITUS
Jean-Paul Nozière.

UN TUEUR À LA FENÊTRE
Stéphane Daniel.

LE TUEUR MÈNE LE BAL
Hervé Fontanières.

LE VAMPIRE CONTRE-ATTAQUE
Hervé Fontanières.

LES VISITEURS D'OUTRE-TOMBE
Stéphane Daniel.

COLLECTION
Cascade

CASCADE PLURIEL

LES AILES NOIRES DE LA NUIT
Jean-Marc Ligny.

AMIES SANS FRONTIÈRES
Hélène Montardre.

LE CHEVALIER DE TERRE-NOIRE
Michel Honaker.
Tome 1
L'ADIEU AU DOMAINE
Tome 2
LE BRAS DE LA VENGEANCE
Tome 3
LES HÉRITIERS DU SECRET

ERWAN LE MAUDIT
Michel Honaker.

LA FILLE DE TROISIÈME B
Christian Grenier.

L'HÉRITIER DU DÉSERT
É. Brisou-Pellen.

MINI MAX ET MAXI DURS
Roselyne Bertin.

LE PIANISTE SANS VISAGE
Christian Grenier.

LE PRINCE D'ÉBÈNE
Michel Honaker.

RENDEZ-VOUS EN ENFER
Hervé Fontanières.

UN SI TERRIBLE SECRET
É. Brisou-Pellen.

LE SORCIER AUX LOUPS
Paul Thiès.

UNE VIE À TOUT PRIX
Roger Judenne.

COLLECTION
Cascade

LES ANNÉES COLLÈGE

BLT ou L'ÉTÉ BASKET
Catherine Dunphy.

CAROLINE ou L'AMOUR EN VERT
Catherine Dunphy.

JOEY ou LES COPAINS D'ABORD
Kathryn Ellis.

LUCY ou RÊVES INTERDITS
Nazneen Sadiq.

MÉLANIE ou LE JOURNAL D'UNE QUATRIÈME
Susin Nielsen.

SPIKE ou POURQUOI MOI ?
Loretta Castellarin.
Ken Roberts.

WHEELS ou PERSONNE À QUI PARLER
Susin Nielsen.

COLLECTION

Cascade

CASCADE MUSIQUE

Jean-Sébastien Bach
ou
LA CANTATE DES ANGES
Michel Honaker.

Franz Schubert
ou
LE CHANT DES AULNES
Michel Honaker.

Wolfgang Amadeus Mozart
ou
CONCERTO POUR UN MAGICIEN
Michel Honaker.

Joseph Haydn
ou
LE MUSICIEN DES PRINCES
Michel Honaker.

Frédéric Chopin
ou
NOCTURNE POUR UNE PASSION
Michel Honaker.

Ludwig van Beethoven
ou
LA SYMPHONIE DU DESTIN
Michel Honaker.

Achevé d'imprimer en mai 1997
sur les presses de l'Imprimerie Hérissey
à Évreux (Eure)
Dépôt légal : mai 1997
N° d'édition : 2898
N° d'imprimeur : 76813